手切れ金代わりに渡されたトカゲの卵、実はドラゴンだった件

DRAGON DATTA KEN

追放された雑用係は竜騎士となる

vol. 4

KUSANOHA OWL
草乃葉オウル

ILLUSTRATION
有村

TEGIREKIN
GAWARINI WATASARETA
TOKAGE NO TAMAGO, JITSUHA
DRAGON DATTAKEN

MAIN CHARACTERS
ソラ
ユートの母。
常に明るい自信家。
アース
ユートの父。寡黙で
穏やかな性格をしている。
ユート
追放されたところを、
『キルトのギルド』に拾われた
冒険者。困った人を放って
おけないお人好し。
ロック
ユートの相棒であるちび竜。
幼いが最強の力を
秘めている。
リィナ
ユートの義妹で、ヘンゼル王国の
新たなる女王。

バラドラ
アーケナムの
執事兼教育係。
アーケナム
ユートの故郷の新領主。
中年だが童顔のため若く見える。
キルト
『キルトのギルド』のギルドマスター。
「次世代の最強冒険者《ニア・グランドマスター》」の
称号を持つ。
シウル
『キルトのギルド』のメンバー。
父親が亡くなった事件の真相を
追っている。
フゥ
雪山の部族の姫。
魔法道具の発明が得意。
サザンカ
リィナの護衛。
包帯型の武器を装備している。

プロローグ

『蜘蛛《くも》狩り』――それはゴウガシャグモという魔獣を討伐《とうばつ》する仕事だ。

ゴウガシャグモは王都の東、ドライスト領に隣接するアミダ樹林にのみ生息している固有種。

そして、ゴウガシャグモの討伐、蜘蛛狩りを行《おこな》えるのは、領主からアミダ樹林の管理を任された上級ギルド『鉄《くろがね》の雲』だけだった。

ギルドとしての『鉄の雲』の評判は高く、ギルドマスターのガルゴ・グンダムは活動拠点を構えるドライスト領で英雄のような扱いを受けていた。

しかし、裏では蜘蛛狩りへの協力をうたって他のギルドの有望な新人を集め、何らかの方法で冒険者として再起不能に追い込んでいるというウワサがあった。

自らのギルドで管理している樹林という閉鎖《へいさ》的な環境、領主から与えられた大きな権限。そして意識を混濁《こんだく》させ、数日間の記憶を消し去る効果があるというゴウガシャグモの毒――。

関係者や被害者から証言を集めることも難しい中、俺――ユート・ドライグと俺が所属している『キルトのギルド』の仲間たちは、すべての冒険者ギルドのまとめ役であるグランドギルドの依頼を受けて、蜘蛛狩りへの潜入捜査《せんにゅうそうさ》を行うことになった。

そこで予想通りの……いや、予想以上に最悪な事態に遭遇《そうぐう》することになった。

ゴウガシャグモは『鉄の雲』が用意した薬物で興奮状態になっており、樹林に入り込んだ俺たちに容赦《ようしゃ》なく襲い掛かってきたのだ。

だが、ここまではまだいい。問題はクモの脅威を退《しりぞ》けた俺たちに『鉄の雲』のメンバーが直接攻撃を仕掛けてきたことだ。

当然そのメンバーの中には、ギルドマスターであるガルゴも含まれていた。

彼は自分が冒険者の最高峰《さいこうほう》――S級になれなかったことで人格が歪《ゆが》んでいた。そして、下の人間を潰して相対的に自分の優位性を保とうと、新人潰しを行っていたのだ。

醜《みにく》い人間性とは裏腹にガルゴの戦闘能力は高く、俺と相棒のちび竜ロックが力を合わせても彼には届かなかった……。

そんな絶体絶命の中、ガルゴを一撃で仕留めたのは、進化したゴウガシャグモ・キングタイプ――。

散々ガルゴに利用されたクモたちは、反逆の機会をうかがっていたのだ。

ガルゴとの戦闘で動けなくなっていた俺をかばったロックも、クモに痛めつけられていく……。

かけがえのない相棒を救う力は……自分の中に存在していた。

光のように輝き、水のように流れ、岩のように硬い――紅色《べにいろ》のオーラ『竜魔法《ドラゴスペル》』。

竜牙剣《りゅうがけん》の力だと思っていたあのオーラは、俺自身から生み出されていたんだ。

自覚した魔法でキングタイプを討伐し、俺たちは命からがらアミダ樹林を脱出した。

その後、ゴウガシャグモの毒の特性を生かしてガルゴに真実を吐かせ、力任せに逃走しようとしたところを『キルトのギルド』のギルドリーダー——キルトさんの圧倒的な力で制圧して、事件は解決した。

ガルゴは、かつて一度仕事を共にしたキルトさんが、自分の評価を下げてグランドマスターに報告した結果、S級冒険者になることが出来なかったと思い込んでいた。

だが、当時のキルトさんはガルゴのことを評価していて、S級でも問題ないと考えていた。

彼がS級冒険者になれなかったのは、素行《そこう》などを考慮《こうりょ》にいれた客観的な評価でしかなかったのだ。

腐らずに真っ当な冒険者として働いていれば、夢は叶っていたのかもしれない……。

小さく丸まったガルゴの憐《あわ》れな背中、キルトさんの圧倒的な強さ——その両方を目撃した俺は、冒険者としてより正しく、より高みを目指そうと心に誓《ちか》った。

第1章　ギルドフロント

ガルゴ・グンダム逮捕《たいほ》から1週間――。

俺たち『キルトのギルド』のメンバーは、王都に近い山の中で修業を行っていた。

「竜魔法《ドラゴスペル》――竜壁《ウォール》！」

俺はオーラを厚く固めて、自分の前に紅色の壁を作り出す。

「準備はＯＫ？」

距離を空けて向かい合うキルトさんが呼びかけてくる。

「はい！　いけます！」

「じゃあ、始めるよ！」

竜壁《ウォール》に向かってキルトさんが水魔法を放つ。

すさまじいスピードで水を噴射《ふんしゃ》し続ける、シンプルだが強力な魔法だ。

それはまるで最強のゴウガシャグモ・キングタイプが放つ光線のようで、入念に固めた紅色のオーラの壁をミシミシと揺るがす……！

「よしよし、いい感じだね。もうちょっと強めにいってみようか」

そんな軽いノリで、噴射される水の勢いが増す。

気を抜けば竜壁《ウォール》に亀裂《きれつ》が入り、その隙間《すきま》から入り込んだ水が竜壁《ウォール》全体を砕《くだ》くだろう……。

ひたすらに魔力を込め続け、目の前の紅《あか》い壁の維持に全神経を集中させる！

「すごいね、ユートくん！　並の使い手ならもう吹っ飛んでるよ！」

「あ、ありがとうございます……！」

「それじゃあ、もう少し頑張ってみようか」

「え……？」

さらに勢いを増した水流を食らい、竜壁《ウォール》の中央に大きな亀裂が入った。

あっ、これはもう修復不可能だ……。

「ぐおおおおおおーーーーーーっ⁉」

亀裂から噴出した激流を体に受け、俺は背後にあった滝壺《たきつぼ》まで吹っ飛ばされた！

バッシャーンと派手な音を立てながら水面に叩きつけられ、滝壺の中に体が沈む。

だが、大したダメージはない。

すぐに水面まで浮上し、大きく息をする。

「また派手に吹っ飛ばされたものだな、ユート」

「ああ……後ろが滝壺で助かるよ」

滝壺のちょうど滝が落ちてくる場所にある岩――そんな滝行に最も適した場所に座り込んでいるギルドメンバーのフゥが、ニヤニヤしながら話しかけてくる。ちなみに、彼女は王国の北部で暮らす部族――ジューネ族の姫でもある。

　彼女も今まさに修業中だが、普通に滝に打たれているわけではない。

滝に打たれているのは彼女が頭上に作り出した傘のような形状をした氷の壁で、それを維持して自分の身を濡《ぬ》らさないようにするのが修業だ。

　長い時間魔法を発動し続けることで、魔法の持続力と強度、さらには体の中に溜め込める魔力の総量も増していくらしい。

「フゥもそろそろキツいんじゃないの？」

「まさか、まだまだいける」

　そう言うフゥの笑顔は少々引きつっているので、やっぱり自然のエネルギーを受け止め続けるのはしんどいみたいだ。

　まあ、キルトさんの魔法を受け止めるのもしんどいけどな！

「ユートくん、次もいけるかしら？」

「はい！　まだまだいけます！」

　俺もフゥのように引きつった笑顔で強がりつつ、滝壺から濡れた体を出す。

「今度はユートくんが攻撃側ね。使う魔法は……竜炎《フレイム》でどう？」

「やってみます！」

今度はキルトさんが水で壁を作り出す。

そこに向かって俺は、形になったばかりの新魔法をぶつける！

「竜魔法《ドラゴスペル》——竜炎《フレイム》！」

俺の手から放たれるオーラの動き……それはちび竜ロックが吐き出す炎に似ている。

それもそのはず、この魔法はロックの炎を参考にして作り上げたものだからだ。

竜魔法《ドラゴスペル》のオーラは光のように輝き、水のように流れ、岩のように硬い。

加えて、新たに「炎のように熱い」という特性を習得したんだ。

竜炎《フレイム》の時のオーラはその紅色に見合うだけの熱を得て、薪《たきぎ》に火をつけることだって出来る。

その熱量を、他の魔法や強靭《きょうじん》な魔獣の肉体を焼き尽くせるほどに高めていく……！

「うんうん、熱量が上がってるよ」

キルトさんの水の壁からじゅうじゅうと激しく水蒸気が立ちのぼる。

盾を貫通して彼女自身を焼いてしまうかも……なんてことは考えない。

そんな心配をしなくてもいいだけの実力差があるから、安心して全力を出せる！

「うおおおおおおーーーーーッ!!　お、おうっ……？」

勢いよく噴射されていたオーラが突然「ぷすっ……」と音を立てて出なくなった。

同時に俺は激しい脱力感を覚え、膝《ひざ》から崩れ落ちる。

「こ、これは……魔力切れ……」

「ご、ごめん！　ペース配分を間違えちゃったかも……きっと竜壁《ウォール》で頑張らせ過ぎたね……」

キルトさんが両手を合わせてペコペコと頭を下げる。

とっても強い彼女に弱点があるとすれば、指導者としてはまだまだ素人《しろうと》なところだ……。

基本的に自分の力だけを信じて戦ってきた人だから、それも仕方ないところではある。

「でも、火力は十分実戦レベルだと思う！　武器を作り出す魔法と違って、こういう魔法は魔力消費が激しいんだ。次からは魔力配分に気をつけよう。その……お互いに！」

「はいっ！」

俺は気《け》だるい体に気合を入れて立ち上がり、力強く返事をした。

ただ、魔力切れを起こしたので魔法に関する修業は終わりだ。

一時的とはいえ肉体面にも影響が出るので、実戦形式の格闘訓練なども無理。

となると、体力作りがてら山の中のランニングコースをまた走ってくるか……と考えていると、そのコースのゴール地点からギルドメンバーのシウルさんと、ロックがやって来た。

「あ、あの……走り込み終わりました……」

「クー！」

シウルさんはへとへとを通り越してへろへろ、ロックはまだ元気が残っているようだ。

そんな２人をキルトさんは拍手をしながらねぎらう。

「お疲れ様！　よく頑張ったね」

山の中のランニングは修業の最初に行われる。

キルトさんも含めてメンバー全員が山の中のコースを駆け抜けるんだ。

まあ、コースといってもほとんど舗装《ほそう》なんてされていないし、走るのに比較的マシな場所をコースと呼んでいるに過ぎない。

とはいえ、この山自体がグランドギルドの所有地で、申請を出せばどのギルドでも利用出来るだけあって、そもそもの地形はそこまで険《けわ》しくない。

棲息《せいそく》している魔獣も人間が近づいたら逃げていくほどだ。

そんなランニングコースを全員で走ると、当然一番強いキルトさんが突出して速い。

次に、こういう場所でよく荷物を背負わされていた俺と雪山育ちのフゥが並ぶ。

そして、どうしてもシウルさんが遅れてしまう。

いくら安全な山でも彼女１人を放置するのはマズい。そこで彼女の護衛役として名乗りを上げたのがロックだ。

ロックはコース内を歩くのではなくずっと飛び続け、継続飛行時間を延ばす修業をしている。

さらに自分の体より大きい岩を抱えることで、飛んで運べる重量を増やすことも目指している。

何がすごいって、これを誰に言われるでもなく自分からやり始めたことだ。

空を飛んで敵の上を取れれば、それだけで戦いは有利になる。

魔法を使ったって人間はそう簡単に空を飛ぶことは出来ないし、ロックの修業の方針として、飛行能力の強化はとってても理にかなっていると言える。

「ロック、ずいぶん長く飛べるようになったなぁ～！」

「ク～！」

抱えていた岩を地面に下ろし、その岩の上で休んでいるロックの頭を撫《な》でる。

ロックのストイックな姿勢を見ていると、疲れていても頑張る気力が湧《わ》いてくる！

「あ～、汗だくなんでちょっと汗流してきま～す！」

シウルさんはいつものフリルの多い服ではなく、ちゃんと修業に適した服装で山に来ている。

そのため、汗をかくと服を着たまま滝壺に飛び込むようになった。

「ひゃ～！　結構冷たいじゃないの、水っ！」

勢いよく滝壺に飛び込み、髪までびしょ濡れになったシウルさん。

その横で限界を迎えたフゥが叫ぶ。

「ぬおおおおおーーーーーっ！」

氷の傘が崩れ去り、落ちてくる水を浴びてフゥもびしょ濡れになる。

それを間近で目撃したシウルさんは大笑いしてしまい、滝壺の中で水を飛ばし合う喧嘩《けんか》が……いや、じゃれ合いが始まった。

「みんな、修業の後でも結構元気だね！」

キルトさんは満足げな表情を浮かべていた。

その後はずぶ濡れになった俺、シウルさん、フゥで焚《た》き火を囲んで温まった。

キルトさんはそんな俺たちを微笑《ほほえ》ましげに眺めている。

ホッとすると疲れがドッと押し寄せて、みんなの口数が極端に減り始める。

今は三脚を使って焚き火の上に吊り下げた鍋の中身を見つめるばかり――。

ちなみに鍋の中身はコーンスープ。

拠点であるギルドベースで俺が作ったものを容器に入れて持参し、それを鍋に移して温め直している。

大自然の中、冷えた体ですするコーンスープは美味《うま》いだろうなぁ……。

「あ、そうだ」

うつむいていたシウルさんが突然顔を上げる。

「ユートの里帰りっていつだったかしら？」

「ああ、えっと……」

里帰りのタイミングを探していることは、みんなにも話してある。

急に帰るって言い出したら、仕事に影響が出て迷惑がかかるからな。

「最近忙しくてそれどころではなかったですけど、流石に落ち着いてきましたからね。リィナから新しい勲章《くんしょう》を貰《もら》ったら帰ろうと思ってます」

リィナは俺の義妹《いもうと》であり、そのうえヘンゼル王国の現女王でもある。

でも俺の中では、リィナは女王様というよりも、王女様——プリンセスという方がしっくりくるんだよな……。

「ふ～ん、いいタイミングね。以前より仕事は増えたままだけど、流石にユートを見に来る野次馬《やじうま》はいなくなったもんね～」

「野次馬を狙った盗賊が集まってましたからね……下町、恐るべしです」

グランドギルドが、まだＣ級冒険者の若者である俺がガルゴ逮捕の大部分を担ったと公表したことで、俺の姿を一目見ようと多くの野次馬が『キルトのギルド』を訪れるようになっていた。しかし、野次馬が盗賊に襲われる事件が多発したことで、その騒動は収まっていったのであった。

まさか盗賊のおかげで、俺に注目が集まるという事態が収束に向かうとは、グランドギルドも思わなかっただろうな。

まあ、その盗賊たちは後日ほとんど確保させてもらったけど。

「ご両親に自慢《じまん》出来るものは多い方がいいものね～。勲章は１つよりも２つ。女の子だって１人よりも２人の方がいいわ」

「そうですね……ん？」

シウルさん今、女の子が２人って言った……？　それって、もしかして……。

「シウルさんとフゥも……ついて来ますか？」

「迷惑にならなければ行ってみたいわ、ユートの故郷に」

シウルさんの返事に、フゥもうんうんとうなずく。

「私も同じくだ。ユートは私の故郷と両親を知っているわけだから、私もユートの故郷と両親を知りたい」

「それなら、一緒に行きましょう。俺の故郷ピアザ村に」

俺のあっさりとした返事に、２人はちょっと驚いた様子だ。

でも、断る理由なんてまったくないからな。

「昔はあの村が妙に居心地の悪い場所に思えて、勢いのまま飛び出して王都に来ました。でも、それは若気《わかげ》の至りというか、外の世界に飛び出す口実が欲しかっただけなんです。今なら豊かで平和な素晴らしい村だとわかります。両親を紹介するのはちょっと恥ずかしいですけど……！」

「クー！　クー！」

ロックが翼をバサバサして自分の存在をアピールしてくる。

「もちろん、ロックには絶対について来てほしいと思ってるから安心して！」

「ク〜！」

しっぽを振って喜ぶロック。

いつも世話になってる相棒を、父さんや母さんに紹介しないわけがない。

今の俺を語る上で、ロックとの出会いは欠かせない出来事だ。

でも、言葉だけで「ドラゴンと出会って俺は変わったんだ！」なんて言ってしまえば、頭がおかしくなったと心配されること間違いなし……。

だから、ロック本人に両親と会ってもらわないといけないんだ。

「キルトさんは……どうですか？」

「ごめん！　ちょっと、今の忙しいギルドから私が離れるわけにはいかないかな……」

キルトさんはまた両手を合わせてペコペコする。

「あ、いや、俺が無茶言ったのが悪いんですから謝らないでください！　むしろ、こんな時期に休みを貰おうとしてすみません……」

「それは気にしなくていいよ。抱えきれない仕事は、グランドギルドで処理するよう圧をかけてるからね。あと……私たちには心強い味方がいるじゃない？」

キルトさんがいたずらっぽく笑う。

心強い味方――ガルゴの一件を解決したことでグランドギルドから送られてきた報酬は、金銭と「追加の人員」だった。

俺たち『キルトのギルド』の新しい仲間は2人の受付嬢だ。

◇　◇　◇

数日前――ガルゴの逮捕以降、知名度が上がり慌ただしくなったギルドに2人の女性が現れた。

そう、彼女たちこそ忙しくなった俺たちを救うため、グランドギルドから派遣されてきた受付嬢だったのだ。

「みんなー！　初めまして！　あ、キルトはお久しぶり～！　グランドギルド最強の受付嬢クリム・カスケットとは私のことよ～！」

1人は、キルトさんと面識のあるベテランのクリムさん。

具体的な年齢は決して明かさないけど、キルトさんがグランドギルドに入る前から受付嬢をやっている人らしい。

いつもニコニコしていて、よく通る声は聞いているだけでもエネルギーを注入されて、覚醒《かくせい》させられるようなインパクトがある。

クリーム色の長い髪の毛はところどころ渦を巻くようにカールしていて、彼女のどこか「のほほん」とした雰囲気を強めている。

服装はグランドギルドの一般スタッフが着ている、灰色を基調とした制服だ。

検査官が白色、執行官が黒色ベースなので、一般スタッフは間を取って灰色らしい。

「同じくグランドギルドより派遣されてきました、アズキ・アングラーです。まだまだ若輩者《じゃくはいもの》ですが、これからよろしくお願いします」

もう１人は20歳と若い……と言っても、俺より４歳年上のアズキさん。

かつてはバリバリの冒険者だったけど、任務の最中《さなか》に左脚《あし》に大怪我《おおけが》をし、杖《つえ》なしでは歩けない体になってしまった。

それが原因で冒険者を引退し、冒険者の経験を生かせる受付嬢を次の職業に選んだとのこと。

くすんだ赤色の髪を、肩に付かない程度の長さで揃えた髪形。

伏し目がちで物静かな雰囲気。どこか愁《うれ》いを帯びた瞳《ひとみ》は冒険者への未練を感じさせる……。

しかし、受付嬢としての仕事は超一流。テキパキと仕事をこなす姿は洗練されていて無駄がなく、美しさすら感じさせる。

一方、クリムさんはゆったりした動きに見えるけど、依頼者の話をじっくり聞いていたり、なかなか気づけないような細かい部分にも気づいたりと、とても配慮している感じがする。

背格好に性格、仕事の仕方などが正反対２人だけど、案外相性の良い凸凹《でこぼこ》コンビなのかもしれない。

何はともあれ、彼女たちがギルドに来てから俺たちは受付業務から解放され、依頼そのものに集中出来るようになったというわけだ！

◇　◇　◇

「アズキさん、ただいま戻りました！」

「あ、ユートさん……それに皆さんもおかえりなさいませ」

山での修業を終えた俺たちを迎えてくれたのは、ギルドベースの玄関先を掃除《そうじ》していたアズキさんだった。

時間的に本日の依頼受付は終了していて、周りに依頼者の姿は見当たらない。

「お掃除いつもありがとうございます。俺たちじゃなかなか手が回らなかった場所も綺麗《きれい》になって、ギルドベース全体が明るくなった気がします」

「いえ、私にはこれくらいのことしか出来ませんので」

う、うーん……ちょっと卑屈《ひくつ》だ……。

態度は毅然《きぜん》としてるけど、言葉の端々《はしばし》から自虐《じぎゃく》的な感情が見え隠れする。

俺の方が年下だから敬語を使わなくてもいいですよって提案した時には、「私ごときが滅相もない」って返されてしまった。

仕事だから誰に対しても敬語を使いますってことならまだしも、「私ごとき」と言われると何かちょっと……気を遣っちゃうよね。

「クゥ！　クゥ！」

「ふふっ、ロックさんもおかえりなさい。修業お疲れ様です」

「ク～！」

ロックにも「さん」をつけ、敬語で接するアズキさん。

ロックは一人前として扱われてるように感じるみたいで、アズキさんの前ではピンと背筋を伸ばして大人っぽく振る舞っている。

「おう、アズキ！　村からの連絡は届いているか？」

フゥはアズキさんの肩をポンと叩いてフランクに話しかける。

あれくらいの感じで俺も……って思うけど、ボディタッチはやっぱりハードルが高い……。

「はい、村の医療《いりょう》チームからのお手紙が届いています」

そう言って、アズキさんはポケットから取り出した手紙をフゥに渡す。

この手紙は、フゥの故郷であるヒーメル山のふもとの村から定期的に届いている。

そこで飼っている白くて大きなフクロウが運んでくる手紙は、フクロウの脚に取り付ける筒状の容器にあわせてくるくると巻かれていた。

「ありがとう、助かる」

手紙を受け取ったフゥはその場でザッと内容に目を通し、ニヤリと笑った。

「解毒薬《げどくやく》の開発が動物実験の段階に入ったそうだ。これはかなり順調だな」

「おおっ、それは良かった！」

ゴウガシャグモの毒に苦しめられている人は今もたくさんいる。

あの蜘蛛狩りの後、ガルゴ大林道には大規模な捜査の手が入り、そこでゴウガシャグモのサンプルがいくつも採取された。

サンプルは王国中の研究機関へ送られ、その生態や毒の仕組みを解明するべく研究が行われている。

その研究機関の中には、フゥの一族であるジューネ族の組織も含まれており、光魔法を扱う最強のゴウガシャグモ・キングタイプの死骸の一部はジューネ族の村にも送られている。

優れた技術力を持つ彼らなら、どこよりも早く薬を完成させるかもしれない。

ゴウガシャグモの毒の被害者をすべて救う――それが達成出来て、本当の意味での一件落着だ。

「また手紙は詳しく読み直すとするが、とりあえず『焦《あせ》らず完成度の高い薬を作れ』と返信するつもりでいる。完成が他よりも少しばかり遅れても構いはしない。ゴウガシャグモは絶滅していないのだ。蜘蛛狩りはこれからも誰かが行うことになる。それを考えれば、効果の高い薬が最終的に使われるようになるはずだ」

蜘蛛狩りがなくならない限り、薬の需要《じゅよう》はなくならない……か。

さらに進化したゴウガシャグモの群れからキングタイプが複数生まれたり、あの透明化するクモがさらに擬態《ぎたい》の精度を増したりすることもあるかもしれない……。

考えるだけでも恐ろしいけど、ゴウガシャグモは獲物を生け捕りにするから、高性能な解毒薬さえあれば最悪には至らないんだ。

「毒やその生態を解明すれば、ゴウガシャグモ用の殺虫剤なども作れるかもしれん。もしそんな物を我々が完成させれば、ジューネ族の名声は一気に高まる……！　『気合を入れて研究しろ』とも言っておかんとな！」

　拳《こぶし》をグッと握りしめるフゥ。

　医学は俺の関われる分野ではないから、ひたすら研究の成功を祈るのみだ。

　手紙を確認するために立ち止まっていた俺たちは、やっとギルドベースの中に入る。

　そこで俺たちを待ち受けていたのは……もう1人の受付嬢クリム・カスケットさんだ。

「や～ん！　みんな無事に帰ってきて良かったぁ～！　早速だけどお風呂《ふろ》にする？　ご飯にする？　それとも……今日届けられた依頼の確認作業にする？」

「お風呂にする！」

　キルトさんは即答した。

　ただし、一度にお風呂に入れる人数は限られているため、あまり汗をかいてないうえに水にダイブもしてないキルトさんの優先順位は低くなる。

「お先に失礼しま～す！」

「体を流すだけでなく、たまには湯に浸《つ》かるのも良いものだ」

先にお風呂に入る権利を得たシウルさんとフゥは、姉妹のように仲良く浴室に向かった。

俺はあまり利用しないが、このギルドベースにはシャワーだけでなく湯を溜める浴槽《よくそう》もある。

あの2人がお風呂に浸かるとなると、上がってくるまで少し時間がかかるかも。

「仲良くなったもんだね〜、シウルちゃんとフゥちゃん」

キルトさんが穏やかな顔で微笑《ほほえ》む。

あの2人は一緒に仕事をしている時間が長かった分、打ち解けるのも早かった。

少し年が離れているが、お互いひとりっ子というのも相性が良いんだろう。

俺もひとりっ子だが、故郷では一緒に暮らしていた血の繋がらない妹——リィナがいた。

兄や姉、弟が欲しいと思ったことって、そういえばあんまりないなぁ。

「ねえ、ユートくん」

「あ、はい。何でしょうか？」

キルトさんに声をかけられてそちらを振り返ると、受付のカウンターの上に依頼書がザッと並べられていた。

「どう？　ユートくんも一緒に今日届けられた依頼を確認しない？　いつかどこかでこの経験が役に立つかもよ？」

どうやらキルトさんは俺にも確認作業を手伝ってほしいらしい。

ギルドマスターとして、どういう依頼を受け付けたかは把握《はあく》しとかないといけないんだろうけど、1日の終わり際にこの量は大変だろうな……。

「わかりました。付き合います……！」

俺は近くにあった椅子《いす》をカウンターに移動させ、覚悟を決めて腰を下ろす。

「ク～？」

ロックも興味を示し、俺の頭の上に乗ってテーブルを覗《のぞ》き込む。

「あら～！　ロックちゃんも付き合ってくれるの？　偉いわね～！　煮干しあげちゃう！」

先に作業を開始していたクリムさんは、自分がいつも食べている硬い煮干しをロックの口に放り込む。

それをロックはガリガリと音を立てながら噛《か》み砕いていく。

「あぁ～、いい音だわ！」

俺も貰ったことあるけど、本当に硬いんだよな……この煮干し。

クリムさんは顔の筋肉を引き締めるために食べているらしいけど、そのうち岩でも噛み砕けるようになるんじゃないかと思う。

「さて、俺は何をすればいいですか？」

頭のいいロックでも、文字はまだあんまり理解出来ていない。

だから、流石に依頼の確認作業を任せることは出来ない。それは俺が頑張るところだ。

「ユートくんは話を聞いてるだけでいいんだよ～」

答えたのはクリムさんだった。

「私はキルトに依頼の諾否《だくひ》や、他ギルドへの委託の要否の判断を任されているから、ここにある依頼書はすでに選別済みってわけね！」

「つまり、ここにある依頼はすべて『キルトのギルド』で解決するものということですか？」

「イエス！　そういうこと！」

クリムさんは俺の顔の前でグッと親指を立てる。

受け答え1つでこのテンションとは、胃もたれしそうになる。

「このギルドの実働パーティは2つ！　美少女3姉妹と、ユート&ロックコンビだけ！」

美少女3姉妹……キルトさん、シウルさん、フゥのパーティのことか。

確かにどこに出しても恥ずかしくない美しき三姉妹だな。

「動けるパーティが2つだと、そんなたくさんの依頼はこなせないし、複雑だったり長期に亘《わた》ったりする依頼も難しい。だから、このギルドの現状に合った依頼だけを残したつもりよ～！」

ギルドのことを考えて、依頼を取捨選択する。受付嬢って難しい仕事だ。

「依頼の中には『それ憲兵団《けんぺいだん》に言ってください！』って言いたくなるような事件の捜査もあったけど、これも今のギルドの評判が為《な》せる業《わざ》ね。何でもかんでも任せとけばいいって考える人が多いの。でも、丁寧に説明して憲兵団の詰所《つめしょ》に向かうように諭《さと》しておいたから安心して！」

殺人とか強盗みたいな事件の捜査は憲兵団の領分だ。

そこから人員不足などで冒険者に捜査協力が求められることはあるけど、まずは本職に任せないと、ギルドと憲兵団——２つの組織の関係に軋轢《あつれき》が生じかねない。

「さて、受け付けた依頼の内容を大きく分けると、今お風呂に入ってる２人がキルト抜きでクリア出来る難度の低い依頼と、危険だけど内容はシンプルで高額報酬が期待出来る魔獣討伐がメインの依頼ね」

そろそろシウルさんとフゥの２人だけで依頼を解決する経験を積んでもいいんじゃないかな……という話はたびたび話題に上がっていた。

難度の低い依頼を２人のために受けたということは、難度の高い魔獣討伐依頼は俺とロックのための依頼というわけだな。

「難度の低い依頼は本当に簡単なものだから、キルトと一緒に依頼をこなしてきた２人なら何の問題もないと思うわ。難度の高い方は、他のギルドが顔をしかめるような依頼もあるけど……大丈夫そう？」

「ええ、ユートくんたちなら大丈夫よ」

そう言ってキルトさんはこっちを見る。

俺は顔をしかめはしなかったが、えへへ……と苦笑いを浮かべた。

「他のギルドが顔をしかめるレベルって……俺たちで大丈夫ですかね？」

「大丈夫大丈夫！　本当にヤバい依頼は私がやっておくし、正直あのゴウガシャグモたちを相手にするより大変なことはそうないよ。今のユートくんとロックちゃんならね」

俺の不安をキルトさんが吹き飛ばす。

世間は俺のことを、ゴウガシャグモを蹴散らして、A級冒険者のガルゴをも打ち倒した若手のホープとして扱っている。

冒険者として高みを目指すなら、そういう評判を分不相応と思わずに、妥当な評価だと胸を張る姿勢も大事だろうな。

「わかりました、やってみます！」

「クー！」

俺とロックがやる気を見せると、クリムさんは心底嬉しそうに笑った。

「ぐふふ……！　難度の高い魔獣討伐依頼は稼ぎがいいのよねぇ～！　まず実力がある冒険者でなければ魔獣を倒せないから、解決出来るギルドは絞られる。すると報酬も上がって、グランドギルドからの評価も上がる！　さらに強い魔獣は出没する地域全体にとって脅威になるから、倒した冒険者はその地域の英雄扱いで名声も上がるってわけ！」

お金や評価の話になるとクリムさんのテンションは上がる。ちょっと圧が強い……。

でも、話の内容自体は非常に興味深いものだ。

俺は「なるほど！」と相づちを打ちながら話を聞く。

「移動の手間を考えなければ、対象の魔獣を倒すだけで依頼は解決！　とってもシンプルでスピーディー！　討伐証明も、それぞれの魔獣が体内に1つだけ持つ魔結石《まけっせき》で完了するから、報酬の受け取り時にトラブルが起こりにくい！　ギルド運営を考えれば、魔獣討伐を安定してこなせるギルドは強いのよ～！」

『鉄の雲』が上級ギルドだった理由も、とにかく強い冒険者が在籍していたからだったな。

魔獣との戦いに限れば「力こそ正義」という言葉は正しいわけだ。

目の前に迫る魔獣の脅威を取り払ってくれるのなら、その人物の素行《そこう》が悪いとか、どこかで悪事を働いているとかは大した問題ではない。今そこにいる敵を倒してくれる存在こそが英雄なのだ。

ガルゴと『鉄の雲』の幹部が逮捕され、彼らが担当してた魔獣狩りの仕事は宙に浮いた。

その仕事を代わりに請け負ったのは、とにかく実績が欲しい中堅《ちゅうけん》ギルドの冒険者たちだ。

今のところ大きなトラブルの話は聞こえてこない。

A級冒険者と上級ギルドの消失で空いた穴も、何とか埋められているということだろう。

かわいそうなのは『鉄の雲』の中でも恐怖で従わされていただけの下《した》っ端《ぱ》冒険者や、まだギルドの闇を知らなかった新入り冒険者たちだ。彼らの経歴には汚点がついてしまった。

でも、彼らを必要とする人たちがこの世界には絶対に存在する。

環境を変え、戦うことをやめなければ……その力で救われる人がいるはずだ。

「そういえば、キルトさんは俺が扱うオーラが、竜牙剣から引き出した力じゃないってことに気づいてたんですか？」

ゴウガシャグモと『鉄の雲』を思い返していたら、戦いの記憶も蘇《よみがえ》った。

紅色のオーラは竜牙剣から出ていたわけではなく、ロックや竜牙剣の影響で竜の力に染まった俺自身の魔力から発せられたものだったんだ。

同じ竜牙剣を扱うキルトさんなら、その違いに気づいていたのではないか？

そして、違いに気づいていたのなら、なぜそれを俺に伝えなかったのか？

俺の質問にキルトさんは「うーん」と腕を組んで悩んだ後、口を開いた。

「正直に言うと……私も竜牙剣のすべてを知ってるわけじゃないから、竜牙剣がユートくんに及ぼす影響とかは全然わからなかったんだ」

「えっ、そうなんですか!?」

キルトさんの意外な答えに俺は驚く。

てっきり戦闘に関することは何でも知っていると思っていた。

「私とユートくんの竜牙剣は同じ竜の牙から削り出された双子の剣だ。その性質は同じと考えるのが普通だと思う。でもなぜか、竜牙剣は持ち主によってその姿を変え、引き出される力にも違いが出る。だから、ユートくんが竜牙剣からどんな力を得ているかということは、私にとっても未知の領域なのさ」

双子でも育つ環境が違えばまったく別の人間になる。

竜牙剣もそれと同じということか……。

「まあ、もし私がユートくんの力について何か知っていたとしても、伝えていたかどうかはわからないけどね」

「それはまた……どうしてですか？」

俺の問いに対して、キルトさんはいたずらっぽい笑みを浮かべる。その質問を待っていたと言わんばかりだ。

「戦い方っていうのは、言葉や身振り手振りだけで伝えられるものじゃない。実際に敵と戦って生きるか死ぬかの瀬戸際に立ってこそ、自分の中にある本当の力に気づける」

まさに俺はその感覚を体験したばかりだ。

ゴウガシャグモとの戦いの中で、自分の力の正体を掴むことが出来た。

「私はいろんな竜牙剣の使い方を知ってるし、見せることも出来る。でも、それで『竜牙剣はこう使うんだ』って先入観を持ってほしくないの。ユートくんにはユートくんの使い方がある。そして、それは命を懸《か》けた戦いの中でしか見つけられない」

にこやかに語るキルトさんだけど、ここで不意に彼女の表情が曇る。

「……ただ、この考えをみんなに押し付けるのはどうなのかなってたまに思うんだ。今回の蜘蛛狩りは想定よりも難しい任務になって、みんなの命を危険に晒《さら》すことになった。そんな危ないことをしてまで強くなりたいと思う人なんか、私ぐらいなんじゃないかなって……」

「いえ、そんなことないです！」

キルトさんの言葉を遮《さえぎ》って、俺は自分の思いを伝える。

「俺は強くなりたいです！　そもそも冒険者は危険な仕事です。生き残るには強くなるしかない。そして、強くなるには戦いの中で経験を重ねていくしかない。キルトさんは俺たちに生きていてほしいから、厳しい修業や任務に挑戦させているんだって……みんなわかってますから！」

「クー！　クー！」

ロックが俺の言葉に同意してくれる。

シウルさんやフゥだって、キルトさんの厳しさと優しさに気づいていないわけがない。

彼女たちも一歩間違えれば命を落とすような戦いをくぐり抜けてここにいるんだ。

「ユートくん……ありがとう。そう言ってくれると、私も気持ちが楽になるよ」

少女のように笑うキルトさん。その微笑みから彼女の本心を感じられた気がする。

「ちょっと～！　私もここにいるってわかってる～!?　見つめ合って2人だけの世界に入っちゃってさぁ～！　も～、嫉妬《しっと》しちゃうわ！」

クリムさんが机をバンバン叩き、不満げな表情を見せる。

そこで俺は何だか恥ずかしくなって、キルトさんから顔を背《そむ》けてしまった。

その後、ゆーっくりと視線だけ戻すと……キルトさんも同じように壁の方を向いていた。

「す、すみません……。俺がなんか関係ない話をしちゃったせいで……」

「いや、ユートくんは悪くない！　私が急に持論を語り出しちゃったせいだから！」

そんな慌てることでもないのに、お互いしどろもどろになっている。

何とも言えない空気の中、次に言うべき言葉に迷っていると……ガラガラガシャーンとキッチンの方から物が落ちるような音が聞こえてきた。

今キッチンにいる可能性があるのは……アズキさん！

「俺、見に行ってきます！」

決してその場から逃げ出したわけでなく、アズキさんのことを心配してキッチンに駆け込む。

すると、予想通り床にへたり込むアズキさんがいて、その周りに鍋が転がっていた。

おそらく上の棚にしまってある鍋を取ろうとしたけど、その鍋がいくつも重なって置いてあることに気づかず、無理に引っ張り出して落としてしまったんだろう。

「大丈夫ですか!?　怪我は……！」

「いえ、私は平気です。それより、すみません……鍋を落としてしまって……」

申し訳なさそうにうつむくアズキさん。確かに怪我はなさそうだけど……。

「鍋のことは気にしなくていいですよ。どれも壊れていませんし……。それより、どうして1人でこんなところに？」

「夕食の準備をしようと……」

「それならみんなで一緒にやりますから、アズキさんが1人でやる必要はありませんよ」

「ですが、皆さんお疲れでしょうし、私がやるべきかと……」

「アズキさんだって、1日中受付の仕事をしてるじゃないですか。疲れてるのはみんな一緒ですし、みんなでやればいいんです。まあ、料理が出来るのはアズキさんと俺だけですけど……食器を出したり食材を出したり、手伝ってもらえることはありますから」

「……わかりました。すみません、先走ってしまって」

「いえいえ、別に悪いことをしたわけじゃないですから、そんな謝らなくていいですよ」

アズキさんの手を取り、立ち上がる彼女を支える。杖も拾い上げて手渡す。

「ク〜ゥ！　ク〜ゥ！」

床に散らばった鍋はロックが空を飛んで上の棚まで戻してくれる。

「ありがとうございます。それであの……こんなタイミングになってしまったのですが、ユートさんにもお手紙が届いています」

「俺に？」

「はい。渡そう渡そうと思っていたのですが、真剣な話をされていたので……」

「あ……あはは、気を遣わせて申し訳ないです……」

まあ、さっきのキルトさんとの会話に割って入れはしないよな……。

アズキさんから手紙を受け取り、差出人を確認する。

差出人の名前は……ヘンゼル王国の女王、ラコリィナ・バーム・ヘンゼル——リィナだ。

内容は俺の2つ目の勲章『誠真勲章《せいしんくんしょう》』の授与式についてだった。

授与式は5日後、場所は天陽《てんよう》勲章授与の時と同じく王城の謁見《えっけん》の間だ。

手紙に書かれていた内容をサッと読み、俺はアズキさんの方に向き直る。

彼女は何だか不安げな顔をしていた。

「あ、手紙の内容は急を要するものではなかったので安心してください！」

「それは良かったです……」

アズキさんはホッと胸を撫で下ろす。気にしているのはそこだろうなと思っていた。

それにしても、5日後とは思ったより余裕を持った日程にしてくれたな。

これなら仕事をいくつかこなしてから勲章を受け取ることが出来る。

授与式と言っても参加するのは俺、ロック、リィナ、それと彼女の護衛のサザンカさんだけだろうから、割とすぐに呼び出されると思っていた。

これはこちらの仕事の予定を考慮してくれたということかな？

それとも、リィナ側が忙しいとか……。

「アズキさん、この手紙を持ってきた人って包帯をぐるぐるに巻いたメイドさんでしたか？」

俺の質問にアズキさんは心底怪訝《けげん》そうな顔をした後、静かに首を横に振った。

「いえ、そのような方ではありませんでした。普通の服装をした王家の使いの方でした」

「なるほど……ありがとうございます」

サザンカさんが直《じか》に届けに来たわけではないのか。

やっぱり、女王様とその側近はいろいろと忙しいんだろうな。

そんなことを考えていると、シウルさんとフゥがお風呂から上がってきた。

「お風呂、お先でした～！」

「待たせたな」

次に風呂に入るのは、２人と同じく滝壺へダイブしている俺だ。

「ちょっとお風呂に行ってきますね。その後、キルトさんも済んだら一緒に夕食を作りましょう。それまでは１人で無理しないでくださいね」

「うん！　あっ、じゃなくて……はい！　了解しました……！」

恥ずかしそうに頬を赤らめるアズキさん。

あるよね、仕事中にプライベートの言葉遣いが出てヒヤッとすること……。

俺はアズキさんのためにも気にしていないふりをして、ロックと共に風呂場に向かった。

第2章　里帰り

そして、５日後――俺とロックは王城の謁見の間に来ていた。

前回は初めてだったし、新女王がリィナってことも知らなかったから緊張したけど、今となっては何も気にすることはない。

今回も、謁見の間で俺たちを待っていたのはリィナとサザンカさんの２人だけだった。

「ふふふ……またまたご活躍のようですなぁ……！　ユートの旦那ぁ……！」

「まあ、ぼちぼちやらせてもらってるよ」

何か妙にテンションが高いリィナ。元気なのか、疲労が溜まってハイになっているのか……。

「そういうリィナは元気にやってるかい？　女王の仕事って俺には想像もつかないけど、あんまり無理して体を壊さないようにな」

「うんうん！　私は元気元気！　こうやってユートにたまに会えるだけで十分だから！」

もしかして、これは嫌味を言われている感じかな……？

これからは何かしらの理由をつけて、俺の方から積極的に会いに行った方がいいかも。

お茶会だの、お食事会だの、何かしら理由をつけて……。

「それじゃ早速、勲章の授与に移ろうかな！」

リィナはそばに控えていたサザンカさんから、俺に授与する勲章を受け取る。

「勲章にも役割があるんだって。前にユートに授与した天陽勲章はジューネ族と王国の友好の証であり、競技としての『クライム・オブ・ヒーメル』の優勝メダルという側面もあるの」

毎年誰かしらには授与される勲章だから、優勝メダルという表現は的を射ている。

だが、今回授与される誠真勲章は、毎年誰かに与えないといけない勲章ではない。

「そしてこの誠真勲章の役割は、闇の中に隠された悪を白日の下に晒し、国家と国民に大いなる真実をもたらした者の勇気を称《たた》えること！」

鮮やかなオレンジだった天陽勲章と違い、誠真勲章は白と黒で構成されたメダルだった。

中心には真実の象徴である天秤《てんびん》が描かれ、２つの皿を支える柱は剣になっている。

まさに白黒ハッキリつけた者に送られる勲章というわけだ。

リィナは前回より慣れた手つきで、勲章を俺の胸元に取り付けた。

そして、ライセンスカードにも新たな勲章の情報を刻んでもらう。

「前と一緒でロックちゃんの分の勲章はケースに入れておくからね」

「ク～！」

竜騎士ユート・ドライグの功績を称えての勲章授与なので、俺が竜騎士たる所以《ゆえん》であるロックに

も勲章が与えられる。

本当は蜘蛛狩りの真実を暴くためにたくさんの人の力を借りたんだけど、結果的に勲章を受け取るのは俺たちだけだ。それを申し訳なく思っている……。

もちろん、自分が今回の事件解決の中で大きな役割を果たしたことは否定しない。

……A級冒険者逮捕というスキャンダルの鎮静に俺の名前が使われたんだ。

その対価や評価として、この勲章の授与は相応のものだと思おう。

「ふ～！　これで叙勲《じょくん》式はおしまいね！　それでユート、久しぶりに私に会ったんだから何か話したいことでもあるんじゃない？」

「ああ、明日にでも里帰りしようと思ってるんだ。それをリィナに報告しておきたくって……」

「ええっ!?　まだ帰ってなかったの!?」

リィナはドン引きといった表情だ……。

「いやぁ、仕事が忙しくってさ……！」

「ふ～ん……何かやだなぁ、そういう言い訳。おじさん臭いというか、何というか」

「うぅ……！」

「私まで急にいなくなっちゃったんだから、お母さんもお父さんも不安だと思うよ。早く元気な姿を見せて安心させてあげるのが、息子であるユートの役目だと思うけどな」

「はい、ごもっともです……」

「私は定期的に手紙を出してるけどさ、ユートってそういうこともしてないでしょ？　というか、ユートのことはユート自身が報告すると思って、私の手紙にユートのことはまだ書いてないんだよね。あんまりもたもたしてると、私からぜーんぶ報告しちゃうけど……」

「明日……！　明日帰るから……！　自分の口で報告します……！」

「なら、よし！」

　このことに関してはとにかく俺が悪いから、言い返せることは何もない。

　玉座に座り、ひじ掛けで頬杖をついて俺を見下ろすリィナはまさに女王様だ……。

「ふふふふっ！　とはいえ、私も無慈悲《むじひ》で冷酷な女王様ではないもの。ユートの仕事にかける情熱もわかってあげる。自分を拾ってくれたギルドの仕事に穴を空けたくなかったんでしょ？」

「そうそう、そうなんだ！　王都からピアザ村までは移動に結構日数がかかるし、村で過ごしてから帰りの日数まで考えると……」

「そんなユートに女王様からご褒美《ほうび》があるの」

　いたずらっぽい笑みを浮かべるリィナはどこかキルトさんに似て……というか、俺の周りの女性は結構こういう顔をする。

　みんなちょっと気が強いというか……そこが魅力ではあるんだけど……。

「ご、ご褒美とは何でしょうか女王様……」

「私が村から王都に来る時に乗った馬車……神獣の血統を持つ馬が引く『神馬車《しんばしゃ》』を貸してあ

げる」

「神獣の血統を持つ馬が引く神馬車……!?」

名前からしてすごそう……というか、それ平民に貸し出していいのか……？

困惑する俺をよそに、リィナは神馬車の説明を始める。

「神馬車はね、とにかく速い！　それでいて揺れが少ない！　まるで地面を滑《すべ》るかのような、なめらかな走行はまさに神！　いきなり王の娘だと言われて王都まで運ばれた私の、動揺《どうよう》する心をときめかせるくらいの感動がある乗り物なのっ！」

うっとりとした表情を浮かべるリィナ。

そこまで言われたら、俺も興味が湧いてくる。

「それはぜひ乗ってみたいなぁ！」

「でしょ？　神馬車を利用すれば移動の時間を短縮出来るから、その分ゆっくり両親と過ごせる！　十分に家族団らんを楽しんだ後、サッと王都に戻ってまた仕事を始めればいい！」

神馬車という名前に少々怖気《おじけ》づいてしまったが、他でもない女王様が使えとおっしゃるのだから断る理由はないな。

「ちなみに神馬車って何人まで乗れるんだい？」

「確か６人乗りの中型馬車だったかな？　荷物を入れるスペースは他にあるし、座席は広いし、かなりゆったりと過ごせるはずよ」

「それなら十分乗れるな……」

シウルさんとフゥも一緒に来るから、２人乗りの小型馬車だと困るところだった。

「なになに〜？　誰か一緒に連れていくの〜？」

「クゥ！」

ロックが「はい！」と言うように前脚を上げる。

「うふふ！　ロックちゃんは当然わかってるけど、他の人のことよ！」

にたぁ〜っと笑うリィナに対して、俺はあくまでも平静を装《よそお》う。

「まあ、ロックは当然として……後はギルドの仲間を数人ね」

「確かユートのギルドって女の子しかいないんだよね？　まぁ〜！　女の子を連れ帰ったら特にお母さんが驚くだろうなぁ〜！　てか、私ってまだユートのお仲間さん全員と会ったことないんだよね」

「そういえば……そうか」

前回の謁見の時、俺と一緒に来ていたのはフゥのお父さんのソル族長だったもんな。

「みんな気のいい人たちだから、呼べば城まで来てくれると思うよ。お茶会でも、お食事会でも、何でもそれっぽい理由をつけてさ」

「そうねぇ〜。会いたいのは山々なんだけど、今はちょっと忙しくってね。落ち着いたら王城の中庭でお茶会を開きましょう！　王都のお菓子ってオシャレで美味しくって、私はすっかり虜《とりこ》なんだ！」

「うんうん、それがいいよ」

　やっぱり、リィナは忙しいみたいだな。

　でも、これだけ調子が良さそうなら、無理して倒れるなんてことはまだまだなさそうだ。

　定期的に会ってリィナのことを見守るのも、俺が王都ですべき役目の1つだと思って、これからはこまめに連絡を取ろう。

「とりあえず、ユートは里帰りしてしっかり親孝行してきなさい！　今回ユートと一緒には帰れないけど、またいつか私も会いに行きますって言っておいて！　あと、私は元気にしてるってね！」

「わかった、必ず伝えるよ」

「胸を張りなさい。ユートは誰が見たって自慢の息子なんだから、堂々と帰郷すべし！」

「了解……！」

「クゥ……！」

　ロックが俺の真似をして、低い声で唸《うな》ってみせる。

「ロックちゃんはいきなり飛び出したら村のみんなが腰を抜かすから、ユートが紹介するまではおとなしくしててね。あの村、お年寄りも多いから……」

「クー！　クー！」

　ロックはうんうんとうなずく。

あまり気が乗らない俺と違って、ロックは里帰りが楽しみのようだ。

こうして授与式を終えた俺は、2年ぶりに会う両親に何を話せば良いのか悶々《もんもん》と考えながらギルドへと帰った……。

◇　◇　◇

翌日――俺たちのギルドベースの前に神馬車がやって来た。

イメージ通りの白馬が2頭、中型の馬車を引っ張っている。

下町のよどんだ雰囲気を吹き飛ばし、神聖な空気を生み出す存在感がその馬たちにはあった。

授与式の翌日に出発すると決めていた俺たちは、当然その前から荷物の準備をしていた。

なので、すでにまとめてある荷物をテキパキと馬車に積み込んでいく。

「よろしくお願いしますっ、ユート・ドライグ様！」

「ピアザ村まで神馬車なら1泊2日ってところです、はい」

神馬車を操り俺たちを村まで届けてくれるのは2人の青年騎士。

しゃべる時の身振り手振りが激しく、すべての動きが陽気な方がエウクスさん。

冷静沈着そうで、出発前のチェックリストをひたすら見つめている方がパールトさんだ。

性格が真逆に見える2人だけど、いざこざが起こるなんてことはなく、お互いに協力して出発の準備を進めている。

エウクスさんによると、２人は血縁関係ではないし、出身地を同じくする幼馴染でもない。

平民から騎士を志し、見習いの頃に出会い、本物の騎士となった今は頼れる同僚だって、エウクスさんが身振り手振りを交えて教えてくれたんだ。

ちなみに彼らは神馬車の御者《ぎょしゃ》を務め、普段から馬車を引く神馬《しんば》たちの世話もしているらしい。

普通の馬の世話は騎士見習いがするらしいけど、神馬ともなると地位が高い騎士の仕事になるのだろう。

「私たちはラコリィナ様万歳《ばんざい》派閥の者ですので、そこのところはご安心ください！」

エウクスさんは真剣な表情で実際に万歳をしながら言う。

「あぁ、ラコリィナ様は素晴らしい。ラコリィナ様がいるだけで王国の空気が凛《りん》とする」

パールトさんは目を閉じ、しみじみと噛みしめるように言う。

……とまあ、このように彼らは若き指導者を信じる女王派の騎士たちだ。

ちょっと言動に気になるところはあるけど、リィナへの忠誠心が本物なのは伝わってくる。

リィナが俺たちを無事に運んでくれるよう、彼らに直接お願いしに来たことに感銘《かんめい》を受け、それを思い出しては目に涙を浮かべているそうだ。

「命に代えても皆様をユート様の故郷へお送りしますっ！」

「そして、無事に王都まで戻ってきます。ラコリィナ様の笑顔のために！」

「ええ、よろしくお願いします！」

固く握手を交わし、旅の安全を願う。

きっと、この2人が御者を務めてくれるなら大丈夫だ。

さて、荷物を積み終わったらギルドに残ってくれるキルトさんたちに挨拶だ。

「行ってらっしゃい。仕事の方は私が全力で片付けるから、変に気を遣って早く帰ろうとせず、ご両親とゆっくり時間を過ごしてね。もちろん、みんなギルドの大事なメンバーだから、無事に帰ってくることを心から祈ってるよ！」

「はい、キルトさん。ちゃんと両親と向き合って、それから帰ってきます」

俺たちが抜けている間、ギルド運営に不具合が出ることはないはずだ。

キルトさんがすさまじく強いうえ、今の『キルトのギルド』には優秀な受付嬢がいる。

「私が来たからには、ちょっとくらい戦力が抜けても、ギルドが回らなくなることなんてあり得ないわ！　仕事のことを忘れるくらいの気持ちで行ってらっしゃ～い！」

クリムさんが自身のクリーム色の髪をバッと手で払う。

その後、俺たちに向かってグッと拳を突き出す。

結構朝早い時間なのにもう全力全開だ……！

「ユートさん、ロックさん、シウルさん、フゥさん、行ってらっしゃいませ。私は私に出来る仕事を続けてギルドを守っていきます。無事のお帰りをお待ちしております」

アズキさんは見るからに寂《さび》しそうな顔をしている。

同性で歳も近いシウルさんはかなりぐいぐい彼女との距離を詰めていたし、フゥもまるで昔馴染みのような接し方をしていた。

そんな彼女たちが数日とはいえいなくなるのだから、寂しいと感じるのは当然だ。

それはそうと、さっきからアズキさんと結構目が合うのは、俺がいなくなることも寂しいと感じてくれているからだろうか……？

もしそうなら、同じギルドの仲間として嬉しい限りだな。

そんなこんなで出発の挨拶を終えた俺たちは、いよいよ神馬車に乗り込む。

本来６人乗りの馬車をロック含めて４人で使うのだから、空間のゆとりは十分過ぎる。

窓も開閉する仕様のため、俺たちは窓を開けて外のみんなに手を振る。

「では、出発します！」

「目的地はヘンゼル王国の最南端――ピアザ村」

２人の騎士がそう宣言すると、２頭の神馬は自らの意思で歩き出した。

神獣の血を引く馬は、鞭《むち》を入れる必要すらないんだな。

「うぅ……！　行ってきま～す……！」

「無事にまたここへ帰ってくるぞ」

涙ぐんでいるシウルさんに、どこまでも冷静なフゥ。

「クゥ〜！」

ロックに至っては馬車の外を飛び回りながら手としっぽを振っている。

そして、俺は……。

「頑張ります……！」

戦いに向かうような覚悟で、遠ざかっていくキルトさんたちに手を振っていた。

そんな覚悟をしなければならない理由は……すべて俺の過去の行動にある。

俺は14歳の頃、親の反対を押し切ってピアザ村を飛び出した。

理由は、変わらない日々が流れるだけの田舎《いなか》に閉塞感《へいそくかん》を覚え、きらびやかな王都で暮らしてみたいという、田舎で暮らす若者なら誰もが一度は抱く夢を叶えるため。

王都に親族や知り合いがいないと、働き口すら見つからずに野垂《のた》れ死んでしまうこともあり得る。

そんな、無謀で現実味のない夢に俺は挑戦した。

結果として上級ギルド『黒の雷霆《らいてい》』に拾われ、扱いは最悪だったけど雨風をしのげる家と食べ物にありつくことは出来た。本当に扱いは最悪だったけど……今思えば幸運な方だ。

それからロックに出会い、『キルトのギルド』に所属し、今では竜騎士ユート・ドライグの名が王国に広まり始めている。

流石に王国の南の端っこにあるピアザ村にまではまだ名声は届いていないだろうけど、夢と憧れだけを背負って田舎を飛び出したガキが、２年でこの結果を出せたのは幸運以外の何物でもない。

里帰りのタイミングとしてはバッチリ、普通なら両親も泣いて喜んでくれる状況だ。

だが、俺は両親の反対を振り切って飛び出し、２年間まったく連絡を取っていない……。

名声よりも、息子が元気でやっているという便りが届く方が両親は喜ぶはずだ。

俺は……両親にあまりにも酷いことをしてしまった。

殴られても、怒鳴られてもいい。一番怖いのは無視されてしまうこと……。

「クゥ！　クゥ！」

「……ん？　ロック、どうした？」

膝の上に乗っていたロックが、俺の顔を見上げて何かを伝えようとしている。

「しょぼくれた顔してんじゃないよ……って、ロックは言ってるのよ」

正面の席に座っているシウルさんがそう言うと、ロックは同意するように「クゥ！」と鳴いた。

「ユート、心配しなくても大丈夫よ。何を言われたって、何をされたって、それは愛情。冷たくされたとしても、時間をかけてわかり合えばいいのよ。あなたの両親はそこにいるんだから」

「シウルさん……」

すでに両親を失っているシウルさんの言葉は重い……。

だからこそ、怯《おび》える俺の心の奥にまで響く。

「そうそう、気が済むまで言い合えばいいのだ。今まで伝えられなかった分もな」

すでに父親と本心のぶつけ合いを経験しているフゥの言葉はもっともだ。

あの村に変わらず両親はいるのだから、真っすぐな言葉を伝えればいいだけだ。

それに、たとえどんな反応が返ってこようと……俺は父さんと母さんに謝りたいんだ！

「ありがとう、ロック！　シウルさんにフゥも！　やっと覚悟が決まった！」

「クゥ～！」

俺の表情が明るくなると、ロックも笑顔になって俺の頭の上に乗っかってくる。

「あんまり大喧嘩《おおげんか》になりそうだったら、ちゃんと止めてあげるわよ」

「無事に王都へ帰るまでが里帰りだからな。大怪我はさせられん」

シウルさんとフゥはニヤッと笑いながら言った。

まったく、この2人が一緒にいてくれると大変心強いな！

「覚悟が決まったら、俄然《がぜん》あの村に帰るのが楽しみになってきた！」

神馬車はすでに王都の門を通り抜け、平原を滑るように走行している。

まったく揺れがないのに、窓の外の景色が流れていくスピードはすさまじい。

俺が初めて村から王都に出てくる時は、道迷いなどもあって1週間以上かかった。

でも、この神馬車なら1泊2日——明日の夜にはピアザ村に到着する。

走るルートも独自のもので、王都から村へ直進する。

通常であれば、王国南方で最大の都市であるイーザンを通るルートが一般的だ。

だが神馬車であれば、その必要はない。

神馬の半端ないスタミナと馬力に任せた、爆速里帰りというわけだ。

こんなものに乗って息子が返ってきたら、父さんも母さんもビックリするだろうなぁ～。

◇　◇　◇

神馬車が王都を出発した翌日の日暮れ前――。

昨晩宿泊した村でたっぷり休んだ神馬たちは、ピアザ村へのラストスパートをかけていた。

乗っているだけの俺たちは、それはもう悠々《ゆうゆう》と過ごしていた。

揺れがほとんどないから本を開いて勉強しても酔わないし、コップに入れた飲み物がこぼれる心配もない。ロックは気持ちよさそうにお昼寝している。

「ねぇ、ユートのご両親ってどんな人なの？」

ピアザ村を前にして、シウルさんが俺の両親のことを尋ねてきた。

「それは私も気になるぞ。実際に会うまで秘密というのも良いが、失礼のないよう多少は人となりを知っておきたいものだ」

フゥも話に乗っかってくる。こうなったら話さないわけにもいかないな。

「両親は普通の人ですよ。何か大きな秘密を抱えているわけでもなく、２人とも村で農家をやっています。管理している農地はちょっと広くて、栽培《さいばい》している作物の種類も多めですが、それ以外に特別なことなんて何も……」

「どんな性格？　子ども時代の思い出は？　夫婦の馴《な》れ初《そ》めは？」

シウルさんの質問攻めに、俺は腕を組んで考え込む。

「ん～、父さんは寡黙《かもく》な性格であまり怒ったり笑ったりするところを見なくて、母さんは逆に喜怒哀楽がハッキリしてるけど、どうしてそういう感情になるのかが読めない不思議な人でしたね」

「へぇ～、クールな旦那様と不思議ちゃんの奥様かぁ～！　いいカップルね！」

「どういう基準で良し悪しを判断しているのだ……？」

ハイテンションなシウルさんにツッコミを入れるフゥ。

「俺もいい夫婦だと思います。たまに喧嘩もしてたけど、すぐに仲直りしてたし、別れ話なんて一度も聞いたことがない。子どもの俺が貧しい思いをしたこともなかったし、よその子のリィナも本当の家族のように受け入れてました」

何度振り返っても、これといって悪い思い出はない。

面と向かっては絶対に言えないが、素晴らしい両親だと思う。

それでも俺が家を飛び出したのは……。

「ただ、あんまり俺を村の外に連れていってくれなかったのを覚えています。たまに隣の村、一番遠くても村のある領地で一番大きい街イーザンまで……それと俺が農家を継ぐ前提で話をすることが多くって。別に農家が嫌というわけじゃなかったんですけど、遥か遠くの王都で別の仕事をしてみたいという憧れは、そういう環境で生まれたんだと思います」

「うーん、それはご両親も悪いわね。やっぱり子どもは、いろんなところに連れていって、いろんなものを見せてあげなくちゃ！　それと職業も極力好きなものを選ばせてあげたいところね！」

「そなたが子育てを語るのか……というのは置いといて、親というのも完璧な生き物ではないからな。良かれと思って押し付けたものが、ありがた迷惑になることもあるものだ」

「いや、迷惑だとは……思ってたな、あの頃は。今はあれが優しさだとわかるけど、それでも憧れを抱いて村を飛び出した自分を間違っていたとは言えない。あのまま言うことを聞いて村にいたら、ずっと自分の生き方に疑問を持ち続けていた気がするから……」

　自分の判断を間違いだとは思わないし、両親の判断も間違いだと思わない。

　でも、ロクに話もせずに村を飛び出して2年間音信不通なのは俺が悪い！

　だから、まずは謝罪だ！　それから俺が王都で経験した2年間のことを聞いてもらいたい。

　自分のことを信じてくれる素晴らしい仲間と出会えたことを伝えたい……！

「皆様、長らくの移動大変お疲れ様ですっ！　まもなくピアザ村に到着します！」

「予定通り、日の入りと同時の到着になります。降りる際は足元にお気をつけて」

　2人の騎士が間もなくの到着を告げる。

「帰ってきた……ピアザ村！」

　ほどなくして、馬車は畑の中を通る農道に入った。

ピアザ村は住宅を取り囲むように畑が広がる農村だ。畑を抜けてやっと村の中に入れる。

「長旅お疲れ様でした！」

「ピアザ村に到着です」

歩みを止めた神馬車の扉を騎士たちが開けてくれた。

外に出た瞬間、俺の全身を懐かしい空気が包んだ。

「ああ、生きて帰ってくることが出来たな……」

俺の生まれ故郷、14歳までを過ごした場所だ。

建物は一部変わっていて、石造りのシャレた家や店が増えている。

村の中を流れる綺麗な水路は健在で、水車や風車が至る所でぐるぐると回っている。

日が落ちたので風がひんやりと冷たい……。

この物悲しい風を感じるたびに、夜でもきらびやかと言われる王都を夢見たものだ……。

「案外大きな村ね……。てっきりもっと古い感じかと……」

「魔力を利用した街灯もしっかり備え付けてあるな。夜でもそこそこ明るいではないか……」

シウルさんとフゥがコソコソ何かを言っているが、彼女たちがそう思うのも無理はない。

王都に憧れて飛び出してきたと言われれば、もっと廃《すた》れた村を思い浮かべるだろうが、ピアザ村は周辺の村と比べても栄えているのだ。

加えて、俺がいなくなった2年で更に村は発展しているようだ。

ピアザ村の農作物は美味しいと評判だったから、そのウワサが各地に広まったんだろうな。

「ロック、ここが俺の故郷さ。まあ、悪くはないだろ？」

「クゥ！」

ロックは翼を広げて村の中を吹き抜ける風を感じている。

少なくともロックにとって嫌な場所ではないようで良かった。

「さあ、みんなに俺の両親を紹介するよ。ちょうど食事時で家にいるはずだ」

気合を入れてみんなに呼びかける。

家までついて来るのはギルドのメンバーだけで、騎士たちは村の入口で待機するとのことだ。

「そこは我々の出る幕ではありませんのでっ！」

「ここまで頑張ってくれた神馬たちに食事を与え、休ませてあげようと思います」

俺たちは２人の騎士と２頭の神馬に礼を言い、村の奥へと急ぐ。

そう、俺の実家は村の奥の方にあるんだ。

「……何か、人の気配が少ない気がする」

外は街灯が灯《とも》るくらい暗くなっているというのに、室内の明かりが灯っていない家が目立つ。

それにこの時間帯なら、農作業を終えた男たちが酒場へ向かう様子が見られると思っていた。

「いつもはこんな雰囲気じゃないの……？」

シウルさんが心配そうに尋ねてくる。

俺はただうなずくことしか出来なかった。胸騒ぎがする。家に急がなければ……！

駆け足で村の中央を通る坂道を上り切ると、生まれ育った家が見えた。

2年前から変わっていない懐かしい実家にも、明かりは灯っていなかった。

こんな時間まで外で農作業をすることなんて……そうそうない。

「父さん！　母さん！」

玄関の扉をノックし、中に呼びかける。返事は返ってこない……。

「窓から中を覗いてみても人影は見当たらない。耳を澄《す》ましても気配を感じない……。ユート、どうやらここには誰もいないみたいだぞ」

フゥが家の周りをぐるぐる回りながら分析する。

ここに誰の気配もないことは、俺にもわかっていた。

家を飛び出した頃より鍛えられ、研ぎ澄まされた感覚が両親の不在を察知している……。

「村の人に話を聞こう……と言っても、その村の人の数が減っている気がする……」

村に帰りさえすれば、両親に会えると思っていた。

そこにいて当然だと思い込んでいた存在がいなくなった時の恐怖……。

最悪の可能性が脳裏をよぎる——。

「あの……もしかして、ユートくん？　ユートくんなの!?」

突然背後から声をかけられた。声の主は近所に住んでいるシアというお姉さんだ。

20代半ばになっても村に残ってバリバリ働く彼女はピアザ村の人気者だった。

「シアさん、お久しぶりです」

「本当に久しぶりだね、ユートくん。また会えて嬉しいよ……。でも、こんなタイミングで帰ってくることになるなんて……」

突然、泣き出すシアさん。

慰《なぐさ》めてあげたいが、なぜ彼女が涙を流すのか……その理由がまず気になった。

「この村に何があったんですか？　俺の両親も家にいないみたいで……」

「ご両親は新しい領主の手先に連行されて……今はイーザンの街に……！」

「えっ、連行!?　どうしてそんな……！」

「アロサウス領の新しい領主アーケナムが、税をとんでもなく重くすると言ってきたの……。ユートくんのご両親は村を代表して理不尽な重税に抗議したんだけど……捕まっちゃったの……」

アーケナム――村が所属するアロサウス領の領主の息子がそんな名前だった気がする。

じゃあ、俺が知っているアロサウス伯爵は亡くなられたのか……。

今の村の豊かさは、前領主の温厚な性格が反映されていると言っても過言ではない。

異常な税を課すこともなく、領民の暮らしを良くする公共事業にも積極的だった。

それだけ領民の生活と密接な関係にあった領主が、ロクでもない人間になっていたら……。

「村のみんなは不当な逮捕に抗議するためにイーザンへ乗り込んじゃって……残ってるのは女と子

ども、ご老人くらいなの……」

「なるほど、道理で村が静かなわけです」

いきなり両親が連行されたと聞かされてまだ頭が混乱しているけど、大体の事情は理解出来た。

名君の次が暴君だった……。このヘンゼル王国ではよく聞く話だ。

リィナはこのことを把握しているのだろうか……？

女王の一声で領民への不当な重税を撤回させることは出来るだろう。

してないってことは……まだ知らないと考えた方が良さそうだ。

「とりあえずリィナにこのことを伝えて、その悪徳領主に対処してもらった方が良さそうだな」

当然、俺の中にアーケナムへの怒りはある。俺自身の手で解決したい気持ちもある。

でも、女王に直接話を通せるという最強の手札を使わない手はない。

たまに俺よりも血の気の多いところを見せるリィナのことだ。

育ての親が不当に拘束されたと知れば、黙っているはずはない。

「リィナちゃん……やっぱり女王様になったのね!?」

「はい、王都で立派にやってますよ」

「そうなのね……。ある日、白馬の馬車が来てリィナちゃんを連れていくものだから、ご両親が納得してるって言っても、村のみんなは心配してたのよ」

「まあ、説明されたって信じられない話ですもんね」

だが、本当にリィナは女王なんだ。今回は彼女に力を振るってもらう。

それが一番手っ取り早いし、正しいやり方だと思う。

「ドライグのさんところのユートくんか？」

「帰ってきたのかえ……？」

「おおっ……本当にいるぞ！」

俺たちの声を聞きつけてか、村に残っている人々が俺の家の前に集まってきた。

シアさんの言う通り、女性や子ども、ご老人が多い。

「みんな、ただいま。お久しぶりです」

みんな幽霊《ゆうれい》でも見るかのように目を丸くして、俺から少し距離を置いている。

王都で夢叶わぬまま死んだとでも思われてたんだろうか？

そりゃ、まったく連絡をしなければそう思われても仕方ないか……。

「ユート兄ちゃん、やっぱり生きてたんだ！」

「お母さんが言ってたことは嘘だったんだね！」

「村を飛び出したら、ドライグさんちのユートくんみたいになるって怒られたの！」

子どもたちがきゃーきゃー声を上げて俺の帰りを喜んでくれた。

「あ、あはは……」

農村において貴重な労働力である子どもを外に逃がさないため、俺は失敗例として語られていたようだ……。

うーん、それも手紙の1通も送らなかった俺が悪い！　甘んじて受け入れよう！

「そんなことより大変だぞ、ユート！　お前の両親がな……！」

「ああ、聞いてます。だから、その悪徳領主はリィナに対応してもらおうかなと……」

「えっ！　リィナちゃんって本当に女王になってたの!?」

「えっと、それはですね……」

シアさんに話したのと同じ流れを繰り返し、周りの人たち全員に状況を理解してもらった。

「……なら、そんなに心配はいらないのかもしれねぇな。こちとら老体に鞭打ってイーザンに殴り込もうかなんて考えてたが」

「やめておいた方がいいよ……。アーケナムは支配を強める戦力として、どこからか名の知れた凶悪犯罪者たちを集めているようだし……」

「確か南領帝騎士団《アーケナム・ナイツ》とか言っておったかのぅ……。我々がイーザンに押し寄せても勝ち目などない。我先にと乗り込んだ者たちも、どんな目に遭《あ》わされているか……」

イーザンに殴り込んだ人たちや俺の両親は、今まさに助けを求めている……か。

それでも、直接殴り込みをかけるより女王の威光に頼った方がいい。

もし両親が連行されていくところに出くわしたら、そのままナントカナイツを直接ぶん殴って取り返していただろうけどな。

すでに敵の本拠地であるイーザンに囚われた後では、助けるにしても正面突破ではいけない。

「ユートもよく無事で村に帰ってきたが、今はおとなしくしておくんじゃぞ」

「昔から魔法も使えず、何をやってもどんくさいお前に荒事は向いてないんだ」

「お母さんやお父さんを取り返したいからって、領主の手先に噛みついちゃダメよ……」

村のご老人たちが心配してくれる。ありがたいことだ。

でも、彼らの中にある俺のイメージは昔のままだ。

下手に行動を起こして事態を悪化させるつもりはないけど、俺にだっていざとなれば戦う力はある。それだけは伝えておきたいと思った。

「ご心配ありがとうございます。でも、今の俺には……」

「……かー！　いない……かー!?　聞いて……れ……！」

風に乗ってどこかから人の声が聞こえてきた。

その声はこちらにどんどん近づいてくる。荒々しく鳴る馬の蹄《ひづめ》の音と共に……。

「誰かっ！　誰か……いないのか！　聞いてくれ……！」

「ここにいるぞ～!!」

村の人の呼びかけに応えて現れたのは見覚えのある顔だった。

えっと、確か米農家の……いや、名前を思い出している場合ではない。

彼は息を切らした馬に乗り、彼自身も満身創痍《まんしんそうい》といった様子だ。明らかにただ事ではない！

「あ……あぁ……」

米農家の人が馬から降りると、馬は糸が切れたように地面に倒れ伏した。

自分の限界を超えて、ここまで走り続けてきたんだ……。

「大丈夫ですか？　一体何があったんですか？」

村の人たちは怯えている。せめて俺だけでも冷静にと思い、穏やかな口調で尋ねた。

「なっ、ユート……何でここに⁉　生きてたのか……⁉」

「はい、おかげさまで」

「そりゃ良かったが……くっ！　ユート……すまない！」

「なぜ謝るんです……？」

「俺は……イーザンから逃げて来た！　ご両親を助けられなかった……！　2人は明日……反逆罪で処刑される！」

驚きはあった。だが、連行された時点で、それはまったく予想外の事態というわけではなかった。

権力の座に就《つ》いたばかりの馬鹿がやりそうなことではある。

それよりも両親がまだ生きているとわかったことが大事だ。

明日処刑ということは、少なくとも明日まで生きているということになる。

「処刑の時間は？」

「明日正午……！　イーザンの街の中央広場で……！」

まだ救出までの時間は残されている。

なぜこのタイミングでただの地方領主が圧政を敷《し》き始めたのかはわからない。

無策ならばすぐに女王の怒りに触れ、王国騎士団に鎮圧されて終わりなのは目に見えている。

それはつまり、何かしらの理由と策があって行動を起こしているということ……。

それはそれとして、俺がやるべきことはハッキリした。

明日の正午では、どんなに急いでもリィナに手を回してもらえない。

だから、俺がイーザンの街に乗り込んでアーケナムという悪徳領主を叩き潰してやる！

そして……父さんと母さん、村のみんなを救い出す！

「伝えてくれて、ありがとうございます。ゆっくり休んでください」

「お前、どうしてそんなに落ち着いていられるんだ……!?　だって、実の親が……！」

「これから救い出します、自分の手で」

村の人々の前で俺はそう宣言した。

俺の宣言を間近で聞いた人々はあっけに取られ、周囲の人と顔を見合わせては、信じられないという視線を俺に向ける。

「な、何を言い出すんじゃユート……ッ！」

「相手は腐っても貴族と騎士団なのだぞ！」

「あんたみたいな子が勝てるはずないってば！」

みんなは俺を馬鹿にしているわけじゃない。

ただ、幼い日のユート・ドライグしか知らないだけだ。

しかしながら、誤解を解いている時間はなくなった。

このピアザ村から領主の住む領都イーザンまで、夜のうちに移動しなければならない！

「みんな、ごめんなさい。俺は行かないといけないんです。大丈夫、今の俺ならそこらへんの凶悪犯罪者ごときに負けませんよ」

言葉でわかってもらえるはずもなく、みんな強引に俺を引き留めようとしてくる。

その手を出来る限り優しく振りほどいても、次から次に伸びてくる手は減らない。

「クゥ！　クゥクゥクー！」

「うわっ!?　魔獣が村の中にいるぞ!?」

今まで俺ばかりを見ていた村の人たちが、鳴き声でロックの存在を認識する。

その瞬間、村の人たちは潮《しお》が引くようにサーッと俺から離れていった。

「まだ子どものようだが……迷い込んできたのか!?」

「違います。この子は俺の従魔《じゅうま》です。魔獣なのは確かですけど、危険ではありません」

「従魔だと？　そんなちっこいのが戦いの役に立つのかい？」

「それはもちろん！　この子、ロックはドラゴンなんです。とても強くて、頭も良くて、今までたくさんの戦いを一緒に切り抜けてきたかけがえのない相棒なんです！」

「クゥ〜！」

ロックは嬉しそうにパタパタと俺の周りを飛び回る。

自分のことを褒めたり褒められたりするのはいつも照れるけど、ロックのことを褒めたり褒められたりするのにまったく照れはない。

むしろ誇らしい！　何度でも褒めてあげたい！

「む、むぅ……。そう言われてもドラゴンには見えんが……」

「わしの家で飼ってる犬の方が強そうじゃぞ」

「ご両親が攫《さら》われたって時に、くだらない冗談はやめなさい！」

村の人たちはロックがドラゴンだと信じてくれないようだ。

まあ、それも当然と言えば当然の反応……。

俺にとっては、もはや日常を共にする存在だが、本来ドラゴンは伝説上の生き物だ。

しかもドラゴンだと主張する俺そのものが、あまり村の大人たちからの評判が良くない。

今は何を言っても、村と両親を捨てて出ていったドラ息子の戯言《たわごと》にしかならないな。

「すまない、ロック。本当のことを証明する時間はない。今は笑われておいてくれ」

「クゥ！」

ロックは大人だ。俺の言葉の意味をすぐに理解してうなずいてくれた。

「とにかく、俺は両親のもとに行きますから……！」

ロックのおかげで俺たちの周りに人はいない。今のうちに駆け抜けて神馬車のもとに――。

「愚民どもォ！　出てこいやッ!!　出ないと領都へしょっ引くぞォ！」

雷鳴のような声が突如として響いた。

「あ……南領帝騎士団《アーケナム・ナイツ》が来たんだ……」

村人の誰かが震えた声でつぶやく。

その言葉の通り、俺たちの前に鎧を着込んで武器を持った男たちが現れた。

人数は３人。金属製のヘルムを被っていて、見えるのは目元と口だけ……。

その目も夜の暗さのせいでハッキリとは見えない。

「おぉ～！　こんな奥の方で集まりやがって……。まさか、誰かをかくまっているのか？」

「誤魔化しても無駄だぜ……。イーザンから馬で逃げた男を追ってここまで来たんだ」

「一度イーザンに入った村人は逃がすなって、領主様に言われてるんでなぁ！」

だらしなく開かれた口から放たれる言葉は乱暴だ。

村の人たちはすっかり怯え切っている。

「さぁ、さっさと逃げた男を差し出せ！」

「村人は殺すなと言われてるが、場合によっては……」

「こんなへんぴな場所で1人死んでも、領主様にはわからんて！」

男たちは武器を振り回して威嚇《いかく》する。

逃げてきた人を差し出さなければ、1人どころか何人でも殺しそうな勢いだ。

「だんまり決め込むってなら……見せしめが必要だな」

「女、子どもの1人や2人痛めつけたらしゃべるだろう！」

「よく見りゃ……田舎の割になかなかの上玉がいるじゃねぇか……！」

男たちが目をつけたのはシアさんとシウルさんだった。

「あらあら、それって……私のこと？」

一歩前へ出て、シアさんを自分の体の後ろに隠すシウルさん。

「いや、私のことじゃないのか？　こやつは変質者っぽい顔をしておる」

すでにホルスターからマギアガンを抜いたフゥがシウルさんの隣に立つ。

2人とも戦う覚悟は出来ているようだ。

「シウルさん、フゥ……ここは俺とロックに任せてくれないか」

「クゥウゥ！」

みんなに示さないといけない。俺とロックの本当の強さを。

「そうね、ここはユートがカッコいいとこ見せないとっ！」

「ロック、自分がドラゴンであることを証明するのだ」

そう言ってシウルさんとフゥは後ろへ下がった。代わりに俺とロックが大きく前へと進み出る。

「お……何だぁ？　男に興味はねぇぞ！」

「今すぐ村から出ていけ……と言いたいところだが、お前たちを野放しにするのは危険過ぎる」

「あ～ん？　だったらどうするってんだぁ⁉」

「ここで無力化し、拘束させてもらう」

男は目を丸くしてしばらく黙った後、大声で笑い始めた。

「ヘヘッ、ヘヘヘヘヘヘッ！　おめぇみたいな、なよなよしたガキが俺をどうするってッ⁉」

男の武器は持ち手の長いハンマーだ。

表面の傷や赤茶けた汚れの具合……相当この武器で人を痛めつけてきたと見える。

「今の俺はアーケナムのナイト様だが、元はB級指名手配ハッ……ン……ッ⁉」

ハンマーを振りかぶってガラ空きになった男の腹には、紅色に輝く光の球がめり込んでいた。

「竜魔法《ドラゴスペル》――竜星錘《ヘヴィメテオ》」

鎖《くさり》につながれた鉄球をオーラで形成し、ぶん回してぶっ叩く魔法。

鉄球のサイズは人間の頭ほどだが、必要があればもっと大きく出来るし、トゲもつけられる。

性質上、体から離れたオーラはすぐに消えてしまう。

だが、この鉄球と俺の体は鎖でつながっているため、存在を維持するのが簡単なんだ。

ゆえに剣や槍が届かない中距離戦闘で力を発揮《はっき》する。

「ぐ……ぼ……ッ！」

男は悶絶《もんぜつ》し、そのまま仰向けに倒れ気絶した。

「お、おい……！　そんなガキごときに何やってんだッ！　油断しやガ……ハァ……ッ！」

1人目に手を出したら最後まで……だ。

まだ状況を把握出来ていない2人目のみぞおちにオーラをまとった拳を打ち込む。

この竜拳《ナックル》は魔法と呼ぶにはシンプル過ぎる一撃だが……威力は高い。

「アァ……ッ!?」

打撃の勢いで吹っ飛んだ2人目は、そのまま村の中を流れる川にダイブした。

「後は1人」

「チッ！　あの雑魚《ざこ》2人と同じだと思うなよ……ッ！」

3人目が魔法の名を宣言せずに、巨大な炎の竜巻を生み出す。

これほどの魔法を、この混乱する状況で瞬時に発動するとは……。

アーケナムという領主がそれなりの戦力を集めているのは事実みたいだ。

しかしながら……普段見ているキルトさんの魔法と比べると見劣りする！

「竜突風《ブラスト》」

紅色のオーラの風が荒れ狂う。

この魔法に大した攻撃力はないが、そこに含まれている魔力は膨大だ。

ゆえに紅色の風に触れた他の魔法は、その力をかき乱されて霧散《むさん》していく。

「ぐ……こんな……ガキ1人に……うおおおおおおーーーーーッ！」

攻撃力はないが……風圧はちゃんとある。

吹き飛ばされた男は木《こ》の葉のように宙を舞い、最後は背中から地面に落下して沈黙した。

「うん、修業の成果は出ているな」

S級冒険者であるキルトさんの魔法に普段から触れているんだ。

どこの馬の骨とも知れない悪党どもの魔法に後《おく》れを取るはずがない。

そして、修業の成果が出ているのは俺だけではない。

「クアァァァァァァーーーーーーッ!!」

「ぐはぁぁぁぁぁぁーーーーーーっ!?」

ザバンッと村の中を流れる小川に黒ずくめの男が落ちた。気配からもう1人いることは察していたけれど、空にいたのか……。

全身が黒いのは、元々の服装の色に加えて、戦闘相手であるロックの炎に焼かれて焦げたからである。

「こ、この俺が……!? 荒鷹《あらたか》と呼ばれ恐れられた飛行旋風《せんぷう》魔法の使い手である俺が、よくわからない生物に負けた……!? うぐぅ……無念！」

まさか敵が空中戦をやれる騎士まで揃えているとはな。

魔法や道具の力を借りても、人間が空を飛ぶのはなかなか難しい。

それが出来るこいつは相当な実力者だろう。気絶する直前まで自信満々なのもうなずける。

だが、空の戦いでドラゴンに勝つのは流石に不可能だったな。

「ありがとう、ロック。こいつの気配は感じていたけど、まさか黒い衣装で闇夜に紛れながら襲い掛かってくるとはね」

「クー！　クー！」

「うんうん、ロックの目なら暗いところもへっちゃらだもんな！」

「クゥ～！」

ロックは胸を張って得意げに笑う。

くしくも、これで村の人たちにロックの能力の高さを証明出来ただろう。

「他に敵の気配はありません。これでとりあえずは安心出来ます……」

侵入してきた男達を縛《しば》ってから村人の方に向き直ると、最初に子どもたちの純粋な視線が気になった。

マズい……！　力を証明出来たのはいいけど、刺激的なものを見せ過ぎたかも！

「あの……ちょっとやり過ぎちゃったけど、殺してはいないからね！」

「「ユート兄ちゃんすごーいっ！」」

村の子どもたちはそう言って俺を取り囲む。

わーわーと騒いで、俺の戦いっぷりを褒めてくれる。

「このちっちゃいドラゴンの子もすごいっ！」

「空を飛べるし火も吐けるなんて本当にドラゴンじゃん！」

「触ってもいい？　いいでしょ〜！」

子どもたちはロックの方も取り囲む。

それに対してロックは、子どもたちと目線を合わせるように低空を飛行する。

「ク〜！　ク〜！」

「あ、ロックが触ってもいいって言ってるよ。でも、優しくしてあげてね？」

「「は〜い！」」

ロックが子どもたちの相手をしてくれている間に、俺は改めて村の大人たちと話す。

「ゆ、ユート……お前、本当にあのユートなのか!?」

「たったの数秒で騎士たちを倒したわ！　これならご両親を助け出せるかもっ！」

「あのちっこいのは本当にドラゴンだったのか……!?　す、すまんかった！」

まさに百聞《ひゃくぶん》は一見にしかず——。

実際に騎士を倒すところを見たら、村の大人たちも俺とロックの力を認めざるを得ない。

「立派になったなぁ！」

「えへへ、ありがとうございます！」

馴染みのある人たちに成長を褒めてもらえるのは心底嬉しいことだ。

だが、今この状況では素直に喜んでもいられない。

まずは神馬車と合流して、これからの移動プランを練らなければ……！

「俺たち、イーザンに行ってきます。そして、両親と村のみんなを助けます」

改めてそう宣言すると、村のみんなは素直に受け入れてくれた。

もう俺たちを引き留める人はいない。逆に背中を押すような声援が聞こえてくる。

「あの馬鹿領主を打ち倒し、この村を救ってくれ……！」

「くれぐれも気をつけて行くのじゃぞ！」

「男子、三日会わざれば刮目《かつもく》して見よ……か」

声援を背に受けながら、俺たちは村の入口に待機している神馬車を目指す。

その道すがら、シウルさんが話しかけてきた。

「ユート！　ロック！　さっきの戦い、すっごくカッコよかったわよ」

「クゥ、クゥ～！」

「まあ、怒りに任せて体が動いちゃった感じですけど……」

「そこがいいのよ。なかなか怒らないユートだけど、ご両親や村の人たちのためなら怒りを燃やして戦うことが出来る。ただ優しいだけじゃないところ、とっても素敵だと思う」

「ありがとうございます。そう言ってもらえると、ちょっと安心します」

怒りというのは冷静な思考を奪い、視野を狭め、いらぬ破壊を生む。

でも、大切な人を奪われた怒りは人として当然の感情だ。

シウルさんは俺の複雑な心境を肯定し、落ち着かせるようにぽんぽんと背中を叩いてくれた。

「神馬車が見えたぞ！　襲われてはいなかったようだ！」

フゥが言う通り、騎士にも神馬にも怪我はないように見えた。

あの悪党どもが村の入口から入ってきたのなら、エウクスさんとパールトさんが攻撃を受けているんじゃないかと心配していた。

「皆様ご無事で何よりですっ！」

「村の入口にいながら、不審者への迎撃《げいげき》が間に合わず申し訳ないです……！」

２人の騎士が俺たちに気づき、安堵《あんど》と沈痛な面持ちを見せる。

あの悪党４人を通してしまったことなど、ミスでも何でもない。

それよりも神馬の守りに徹してくれたことが何よりありがたい。

もし神馬に何かあったら、俺たちはイーザンまでたどり着くことすら難しかった……！

「俺たちはまったく問題なかったです。不審者は全員叩きのめしておきました。１週間はまともに動けないでしょう。それより、大変なことになりまして……」

俺は自分の両親と村の人々の身に起こったことをすべて語った。

リィナに心酔する女王派の彼らにとっても、これは他人事ではない。

そのリィナの育ての親が、悪徳領主の手によって理不尽に処刑されようとしているんだ。

「……許せませんねっ！　今すぐイーザンに突撃して、アーケナムって奴をぶっ殺しましょう！」

エウクスさんが普段の陽気な表情のまま、あまりに純粋に殺意をあらわにする。

「待ちなさい、エウクス。この事態に一番怒りを燃やすのは間違いなくラコリィナ様です。アーケナムとかいうクソは、生け捕りにしてラコリィナ様の前で存分に痛めつけるのです」

声こそ荒らげていないが、とんでもないことを言っているパールトさん。

彼らを見ていると俺の怒りが徐々に落ち着き、冷静に物事を捉えられるようになっていく。

そして、両親の連行について1つの大きな疑問が生まれた。

「アーケナムは俺の両親が現女王の育ての親と知って連行したんでしょうか？　それとも、単純に重税への反発の声が一番大きかったから見せしめに選んだのか……」

後者なら独裁者による、ありがちな粛清《しゅくせい》だ。

逆らうから殺す――ただそれだけだ。

でも、前者ならその行為は国家への反逆を意味する。

リィナに対する人質として、俺の両親は十分通用してしまう……。

そして、計画的に国家への反逆を進めているのなら、今この瞬間に王都で事件が起こっていてもおかしくはない。

1人の地方領主の暴走と考えるのは、楽観的過ぎるかもしれない。

「ユート……そなたが今考えていること、おおよそ私にも理解出来る」

フゥが俺の隣に立って言う。

「両親だけでなく、妹にも危機が迫っているのかもしれないと考えているのだろう？」

「ああ……その通りだ」

「だが、今の私たちが優先すべきはユートの両親の救出だ。王城には女王を守る戦力がある。王都にはキルトもいる。しかし、今そなたの両親を救えるのは……おそらく私たちだけだ」

リィナのそばにはサザンカさんがいる。そのうえ、王城で戦闘が起これぱキルトさんが必ず察知する。

フゥの言う通り、この王国の南方アロサウス領で動ける戦力は俺たちだけ……！

「ありがとう、フゥ。おかげで頭がスッキリした！　余計なことは考えない。俺はこれから両親を救うことだけを考える！」

「その意気だ。イーザンに向かった村の住人の救出は、私たちに任せておけば良いのだ」

「しかしながら……心意気だけで問題が解決するわけではないのも事実です」

神馬の騎士の1人、パールトさんが「失礼します」と軽く頭を下げて会話に参加する。

「アーケナムは救いようのない愚か者ですが、国家への反逆を企てていると仮定すれば、その拠点であるイーザンの街の防衛くらい当然固めているわけです。そこに策もなしに突っ込めば、最悪ユート様のご両親を人質に取られ、戦うことすら出来ずに敗北することになる……」

パールトさんの言うことはもっともだ。俺の両親は、当然俺に対しても有効な人質になる。

俺が捕らえた夫婦の息子だとバレなくても、この状況でイーザンに突っ込んでくれば、その夫婦を助けるためにやって来たということがバレバレだ。普通に人質作戦は実行されてしまう。

つまり、俺たちの存在に気づかれないようにイーザンの街に入り込み、両親を確実に救出出来るタイミングで攻撃を仕掛けなければならない。

「それと王都に戻ってラコリィナ様にこのことを報告する必要もありますっ！　王都で何か起こっている可能性があるにしても報告は大事です！　女王の権限で王国騎士団を動かせれば、正面から敵の戦力を叩き潰すことも可能かと思われます！」

両親を救出出来た場合も出来なかった場合も、その後はアーケナムの騎士団との戦闘になる。

その時に王国騎士団からの増援が期待出来ると大いに助かる。

もし王都が何事もなく平和だったり、すでに事態を収拾していたりすれば、王国騎士団だけでなくキルトさんが来てくれる可能性も出てくる。

そう考えると、王都に戻って報告を行うのは絶対に必要だ。

「ということで言い出しっぺの私が単独で王都に戻り、ラコリィナ様に報告します！」

エウクスさんがピシッと手を挙げ、報告の役目を買って出る。

「それってつまり……2頭の神馬を分けて運用するということよね？」

シウルさんの疑問にエウクスさんはうなずく。

「私が神馬の1頭に乗り、王都へひたすら直進します！　残った皆様は神馬車に乗り込み、イーザンの街を目指すという形になります！」

「神馬車は神馬1頭で十分引けます。もちろん負担は増えますが、スピードはほとんど変わりませんのでご安心を。距離的にも明日の正午前に余裕を持ってイーザンに着けます」

パールトさんの補足が入り、俺たちの疑問を解消してくれた。

2頭の神馬には愚《おろ》かな人間の行いのせいで負担を強《し》いることになってしまうが、それでも俺は頭を下げてお願いするしかない。

「「「……せーの、ユート兄ちゃん！」」」

「えっ⁉」

周囲の物陰から続々と村の子どもたちが姿を現す。

俺が村を出た時と同じ10代中盤あたりの子もいれば、もっと幼い子もいる。

「僕たちにも手伝わせてよ！」

「あっちの黒いお馬さんに乗って私たちがリィナお姉ちゃんのところに行けば、白いお馬さんに無理させなくていいんでしょう？」

黒いお馬さん……？　子どもたちの指さす方向を見ると、村の外の農道に2頭の黒い馬がジッと佇《たたず》んでいるのがわかった。

「あれは……さっきの悪党どもが乗ってきた馬か。闇に溶け込んでるのによく見えたな……」

そして子どもたちは、あの馬に乗って自分たちが王都に向かうと言っているのか。

「俺、ユート兄ちゃんみたいになりたい！　だから、王都に行くんだ！」

「村の大人たちはユート兄ちゃんのこと馬鹿にしてたけど、私たちはずっと信じてた！」

「きっと王都で成功し過ぎて、忙しいから帰ってこれないだけだって！」

この子たちは俺の成功を信じてくれていたんだ。

彼らの言葉はとても温かくて、救われるような気持ちになる。

だけど、それとこれとは別の話。子どもたちを危険な目に遭わせていい理由にはならない。

「みんな、よく聞いてくれ」

俺は出来る限り優しい声で子どもたちに語りかける。

「気持ちは嬉しい。でも、今みんなを村から出すわけにはいかない」

俺の言葉を聞いて、やる気に満ちていた子どもたちは心底ガッカリした表情をする。

「どうして……どうしてダメなの!?」

「ユート兄ちゃんは俺と同じ歳で村を出てるじゃん！」

「自分だけ特別なの……？」

うぐっ……！　そこを突かれると痛いんだが、今は痛みを顔に出してはいけない。

「確かに俺は14歳で村を出たさ。でもね、それから2年間生きてこられたのは、ただただ運が良かったからなんだ。当てもなく、金もなく、村を飛び出して王都で生きてこられたのは、偶然の出会いが重なってのことなんだ。１つでもボタンを掛け違えていたら……死んでいたさ」

突き放すような俺の言葉に、子どもたちの顔が引きつる。

でも、これが現実だ。悪党をたくさん見てきた俺だからわかる。

王都はきらびやかだけど、それ以上に危険もあふれている。

「王都に行ってリィナに会う――それだけでも運が悪ければ命を落とす。夜通し馬を走らせれば、王都に着く前に盗賊や魔獣と出くわす可能性の方が高い。日が出ているうちに護衛がいる馬車を利用するのとはわけが違うんだ」

何なら護衛付きで、比較的安全なルートの馬車に乗っていても絶対に安全とは言えない。

ヤバい魔獣が偶然現れて護衛が逃げ出しちゃう……なんてこともあった。

「みんなの提案は間違っちゃいない。神馬が2頭いれば、村の人たちが助かる確率は上がる。でも、村の人たちが助かった後、自分たちを助けるためにみんなが犠牲《ぎせい》になったと知ったら……一生後悔を抱えて生きていくことになる」

ここまで話して、俺はハッとした。

そうか、俺を村の外に出したくなかった両親の気持ちは……これと一緒なんだ。

自分たちが旅立ちを認めたせいで俺が死んだり、行方《ゆくえ》知れずのまま帰ってこなかったりしたら耐えられない。

だから、どこにも行かないでほしいって……。

「とにかく、今は村を出ない方がいい。王都までの道のり、王都そのもの、場合によっては王城の中すらも今は安全じゃないかもしれないんだ。どうか、ここは俺たちに任せてほしい！」

果たして俺が逆の立場だったら、おとなしく言うことを聞いただろうか？

それはわからないけど、少なくとも村の子どもたちは俺より物分かりが良かった。

「わかった！　村のみんなが無事に帰ってくるのを信じてここで待つよ！」

「ありがとう……！　みんなは俺が必ず助け出すよ！」

「でも、ユート兄ちゃん……」

子どもたちの1人。10歳前後の男の子が一瞬ためらった後、俺の目を真っすぐ見て言った。

「僕、いつか村を出るんだ。外の世界を知らないままなんて……嫌なんだ」

「……それでいい。最後に生き方を決めるのは自分だ。いろんな人の話を聞いて、それでも決意が揺らがないなら、その気持ちに従うのがいい」

「うん！」

最後に優先するべきは自分の意志。それに従って村を出て、今の自分がある。

俺は運良く成功したからいいけどみんなは絶対ダメ、なんて言えないよな。

いつか俺以上の成功を収める人物が、この村から出るかもしれない。

というか、まだ俺以上とか言えるほど、俺は高いハードルになれてないな。

少なくとも自分の両親も助けられないようでは……。

「子どもたちの話を聞いた後は、この老いぼれの話も聞いてくださいますかな？」

子どもたちの輪の中に入ってきたのは、見覚えのない顔の老人だった。

髪は白く顔に刻まれたシワも相当だが、背筋は曲がっておらず杖も使っていない。

「あー！　ロヤール爺ちゃんだぁ～！」

「いっつも早寝なのに、今日は起きてるんだね！」

ロヤールと呼ばれたご老人は、すぐに子どもたちの輪の中に受け入れられる。

この反応を見るに、とても子どもたちから信頼されているのがわかる。

「初めまして、ユートくん。私がピアザ村に移り住んだのは君が村を出た後のことですが、君の話はよくドライグ夫妻から聞いています。……いや、今はそんな世間話をしている場合ではありませんね。単刀直入に言います。私は敵に気づかれることなく、イーザンの街に入り込める秘密のルートを知っています」

「えっ、それは本当ですか!?　でも、なぜそれを知っているんですか？」

「私は先々代のアロサウス領主に仕えた後に世界を回り、終《つい》の棲家《すみか》として最近このピアザ村を選んだ者なのです。もう面倒事とは関わらず、静かに朽《く》ちていこうと思っていたのですが、かつて自分が仕えていた方の孫がこれほど愚かでは、無視するわけにもいきません……」

先々代領主の従者……その風格からは元騎士のようにも思える。

「私の身の上の証拠としては……この勲章でいかがですかな？」

ロヤールさんが剣と盾をモチーフにした勲章を見せる。

「それは忠義勲章ですか……!?　我が国の数ある勲章の中でも、最上位の勲章をお持ちとは！」

「長きにわたり王族や貴族に尽くした者に送られる本物の忠誠心の証。我々が目指すものです」

エウクスさんとパールトさんが食いつくと同時に、勲章が本物かどうかを見極める。

その結果、ロヤールさんの素性《すじょう》に間違いはないようだった。

「時間がありません。私の話はこれくらいにして、秘密のルートの話をしましょう……」

◇　◇　◇

ロヤールさんの話は非常に端的で、10分もかからずに終わった——。

「……ありがとうございます！　これなら、アーケナムを出し抜ける！」

「油断は禁物ですが、おそらくアーケナムの方は相当慢心《まんしん》していることでしょう。いざという時は目的のために大胆《だいたん》に動きなさい、ユート・ドライグくん。さあ、お行きなさい」

「はい！　エウクスさん、パールトさん、神馬の準備をお願いします」

「もう準備完了です！」

「どちらもすぐにでも出発出来ますよ」

流石は神馬の騎士——ロヤールさんの話を聞きながら準備を進めてくれていた。

神馬たちは、鼻息荒く蹄で地面をかいて頭を振り乱している。

「あの……これって怒ってるわけじゃないですよね？」

その全身から感じる気迫はもはや殺気……！

俺には神馬たちが怒っているようにしか見えなかった。

「怒ってますよ。為政者《いせいしゃ》による理不尽な支配に……。そして、嘆《なげ》いています。理不尽に踏みにじられる民衆の姿を……」

神馬たちは俺たちが置かれた状況、その気持ちを理解しているんだ。

理解した上で怒りを燃やしてくれている……！

「苦しいかもしれないけど……頼む。俺たちをイーザンと王都へ！」

神馬たちはわかりやすくうなずくことはなかった。

ただ、俺の目をジッと見つめ返してきた。それで十分、気持ちは伝わった。

「みんな、行こう！」

俺のパーティは馬車に乗り込み、パールトさんが御者席に座る。

エウクスさんは神馬に直接またがり、単騎で暗闇の中を北上する。

「必ずやラコリィナ様に故郷の現状を伝えます！　ユート様、ご武運を！」

遠ざかっていくエウクスさんの背中を見送る間もなく、馬車も動き出す。

「流石にちょっとばかり揺れますよ！　舌を噛まないように！」

荒々しく馬車が前へ前へと引っ張られていく。

2頭から1頭に減ったというのに、そのスピードは落ちるどころか上がっているような……！

「場合によってはロックが一緒に馬車を引くプランも考えていたけど、それは余計なお世話になりそうだな」

「クゥゥ……！」

ロックは神馬の本気に感心しているようだ。

俺もロックと同じように感心しながら、今は神馬車に揺られるしかない。

「ユートって、きっとご両親に似たのね」

少し重苦しい空気の中、ふとシウルさんがそう言った。

「ユートの家は大きかったし、畑も広かった。あの村の中でも裕福な方だったんじゃない？」

「ええ、まあ……食べるのに苦労した記憶はありません」

「それでも、ご両親は村のみんなのため、理不尽な重税に声を上げた……。それもきっと一番大きな声をね。それって何だか、ユートに似てるなって思ったの。自分の立場がどうこうじゃなくて、目の前の間違いを見過ごせないところがさ」

「……確かにそうなのかもしれません」

「もちろん、女王様の育ての親だから狙われた可能性もあるけど、私はそうじゃないって思った。こんな話、今するべきじゃないかもしれないけど……」

「いえ、そんなことないです。もし、俺の両親がみんなのために声を上げたのなら、俺はそれを誇りに思います」

誇りに思うなんて言葉、両親が目の前にいたら恥ずかしくて言えないかもしれない。

それでも、無事に助け出せたら……その気持ちを伝えるべきだと思った。

暗闇の中を神馬車はひたすらに駆け抜けていく――。

◇
◇
◇

「……見えてきた！　あれが話に出てきた『華水晶《はなすいしょう》の岩山』です」

ピアザ村を出発してから数時間後、神馬車の前に淡く輝く岩山が現れた。

ここの岩石には華水晶という鉱石が多く交《ま》じっている。

華水晶は淡い輝きを放つ美しい鉱石なのだが、脆《もろ》くて加工に適しておらず、一番の魅力であるその輝きも、空気中に含まれる魔力――高魔元素の濃いところでないと失われてしまう。

つまり、高魔元素の溜まり場である岩山から持ち出すと、ただの脆い石になってしまうのだ。

利用価値がありそうで……ない。それを知ると、岩山の淡い輝きもどこか寂しげだ。

「ここに大昔の隠し砦《とりで》があって、そこからイーザンの地下に通路が伸びているって話よね？」

「ええ、そのはずです」

岩山の近くで馬車を止め、各々が自分の魔法や道具で周囲を照らして砦を探す。

「……あっ！　ここです！　ここに入口らしきものがあります！」

砦は岩山の表面をくりぬいて作られていた。

俺が見つけた入口は半分落石で塞《ふさ》がっていたが、内部はまだ崩落していない。

全員で砦の中に入り、床の下に隠された地下通路への階段を探す。

「ここだ！　床のタイルが割れて下にある階段が見えておる！」

フゥがマギライトで照らすと、地下へ伸びる階段が見えた。

「ロック、頼む」

「クゥ！」

床のタイルを叩き割って、ロックが先に立ち階段を下りていく。

長い間使われていないであろう地下通路だ。

内部に危険なガスが溜まっている可能性があるし、崩落で道が塞がっていることもあり得る。

また、地中を動き回って暮らす魔獣が中に入り込んでいる可能性もある。

それもこれも、ドラゴンのロックなら問題はない。

ガスは効かないし、暗闇でも目が見える。魔獣だってへっちゃらだ。

「クー！　クー！　クー！」

階段を上って戻ってきたロックが、翼をバサバサさせて俺たちに情報を伝える。

「なるほど、地下通路の中には微《かす》かに風が通っているんだな。だから、ガスも溜まっていない。それに魔獣の気配はないし、道もだいぶ先まで続いていると」

「クゥ！」

ロックはうなずいた。

「耳がいいロックは地下通路で音を出し、その反射で空間の広さを把握したみたいです」

「ユートはロックの言葉が完全にわかるのね……複雑な情報なのにすごいわ」

シウルさんが目を丸くして言う。

「まあ、相棒ですからね！」

「クゥ！」

ロヤールさんの情報通り地下通路が存在し、どうやら通り抜けることも出来そうだ。

この場合、パールトさんと神馬車とは一度別れることになる。

地下に通じる階段も、流石に馬が通れるように作られてはいない。

「では、ここからは事前に打ち合わせた作戦通りに動きましょう。私は神馬車と共にイーザン周辺で待機し、街の中で戦闘が起こった際には門を突破してユート様たちの退路を作ります」

「ええ、お願いします」

神馬と騎士の力を合わせれば、街の門くらいぶち抜けるとパールトさんは言っていた。

両親や村の人を救出した後は、そのぶち抜かれた門から逃げる予定だ。

どこまで上手くいくかはわからないけど、上手くいった時にどうするか決めておくのは大事だ。

「では、ご武運を。必ずご両親を助け出しましょう」

パールトさんは手を振って移動を開始する。俺たちも地下へ通じる階段を下り始めた。

「地図によると、イーザンの真下に着くまで通路は一本道。イーザンの真下に着いてからは通路が枝分かれしていて、街の各所に出入口があると」

「ならば、しばらくは道なりに進めば良いわけだな」

ロヤールさんからは通路の地図を貰っている。

確認のため俺が広げた地図を、フゥがマギライトで照らしてくれる。

「出入口の１つは領主邸の地下牢に通じてるみたいだ。領主の命令で連行した人物を捕らえておくなら……ここしかないな」

「領主の自宅の地下に牢屋があるってこと？　何とも悪趣味《あくしゅみ》ねぇ」

シウルさんは呆《あき》れ顔だ。

「おそらくこの地下通路も地下牢も、ヘンゼル王国が荒れていた時代に作られたものなんだと思います。街に攻め込むためか、街から逃げるためか、用途はわかりませんけどね」

地下通路の大部分は天然の洞窟《どうくつ》だ。掘り進める手間は最低限で済んだだろう。

「古い時代の通路ゆえに存在を知る者は少なく、ロヤールさんが先々代領主に仕えていた頃には、もはやロヤールさんしか詳細を知らなかった。そして、仕事を辞めた時、うっかり通路の詳細を引き継ぐのを忘れてしまった……と」

引き継ぎを忘れた結果、現在の領主や従者たちもこの通路を知らない。

だから、気づかれずにイーザンの街に潜入するにはピッタリということだ。

ロヤールさんは「いやぁ、うっかりが役に立つこともあるのですなぁ」と豪快に笑っていた。

「でも、忘れ去られたがゆえに出入口が塞がっている可能性がある。地下牢の床下に隠された出入口とかは、気づかれぬまま上から補修されれば開かなくなる」

風が吹いている以上、どこかの出入口は開けることが出来る状態なんだろう。

でも、それがどこに通じる出入口かは、行ってみなければわからない。

「地下牢の出入口が使えて、そこに村のみんながいて、地下通路を通して逃がすことが出来れば、こんな楽な救出作戦もないんだけどねぇ～」

俺もシウルさんの言う通りになればいいと思う。しかし、現実的に考えれば見張りがいるだろう。

確実に両親を助けるために取るべき作戦は――。

「とりあえず、街の下まで進もう。細かい作戦はそこで練らないといけない」

先を照らしながら地下通路を突き進む。地面は適度に削って平らにされていて歩きやすい。

その歩きやすさも相まって、俺たちの歩くスピードはどんどん上がっていく。

明日の正午の処刑まではまだ時間がある。地下通路の長さ的にも余裕で間に合う。

仮にすべての出入口が塞がっていたとしても、街外れの出入口なら破壊しても目立たない。

だが、それでも……1つのミスで両親が殺されてしまうかもしれない状況に気持ちがはやる。

余裕があるとわかっていても、体が先へ先へと進みたがる……。

そんな俺にみんなは歩調を合わせてついて来てくれる。何も言わず、黙ってついて来てくれる。

その心遣いに感謝を言う余裕すら失っていた俺の前に、突然淡い光の群れが現れた。

「敵の騎士か……？　それとも発光器官を持つ魔獣か……？」

息を殺し、姿勢を低くして淡い光の出方をうかがう。

しかし、その光はその場から動かず、ただただ輝いているだけのようだ。

「クゥ、クゥ」

ロックが先へ進む。それを追って俺たちも光に向かう。

「これは……植物？　いや、鉱石なのか……？」

淡い光を放っていたのは、植物のような形をした鉱石の数々だった。

まるで本物の植物のように地面から生え、光の色で緑の葉や赤い花を再現している……！

「ユート、この感覚……覚えているか？」

植物型の鉱石に触れながらフゥが尋ねてくる。

「ああ、これはヒーメル山の天陽石《てんようせき》に近いものだ。おそらくは高魔元素の結晶だね」

「うむ。この地下を流れる高濃度の高魔元素が、ここまで結晶を育てたのだろうな。おかげでここらへんはマギライトがなくとも明るい。何十年も経てば、ヒーメルの山頂にも大きな結晶の花が咲くのかもしれんな」

結晶の花々を見つめながらフゥはつぶやいた。

「ねえ！　こっちの壁にはラクガキがあるわよ！　ほら、王都の下町でよく見るやつ！」

シウルさんが指さす通路の壁には、赤色が鮮烈《せんれつ》なラクガキが無数に描かれていた。

「ここって、地元の悪ガキたちのたまり場になってるのかしら？　でも……何かグロテスクな雰囲気のラクガキばっかよね……気持ち悪くなっちゃうわ」

「きっと、ヘンゼル王国に暴君が君臨《くんりん》していた時代のラクガキだと思います。ここととか……王国の国旗が黒い塗料でぐちゃぐちゃに塗り潰してあります。ちょっと昔の人たちが描いた悪しき時代の記録……とかじゃないですかね」

画風的にそう古くはない。だからこそ、身近に感じて生々しさが伝わってくる。

……ちょっと生まれる時代がズレていたら、地獄の中で生きることになったのではないかと思わされる。

「こういうラクガキは、歴史学者にでも任せておけば良い。先を急ごうぞ」

フゥが気を遣って俺の手を引っ張ってくれる。

「ありがとう。でも、俺はこのラクガキを見て少し安心したよ。俺たちの女王様がまともな人で助かった……ってね」

エウクスさんの報告を聞いて、リィナはきっと驚くだろう。

でも、しっかりしたリィナのことだ。

サザンカさんたちとも協力して、最善を尽くしてくれるはず……！

「転ばないように、少しスピードを落として歩きましょう」

シウルさんとフゥはうなずく。……あれ？　ロックの反応がない。

「ロック、大丈夫か？」

「……ク、クゥ！」

珍《めずら》しくロックがぼーっとしていた。

その視線の先には、複雑な花びらの形になっている高魔元素の結晶があった。

「これまたすごい形だなぁ。魔力ってこんな複雑な形に固められるんだな」

「クゥ……クゥ……！　クゥッ、クゥッ！」

ロックは花びらを見つめながら、何度か力強く首を縦に振った。

長時間の移動の疲れを吹っ飛ばし、自分に気合を入れ直す動作だろうか？

まあ、本当なら今頃は俺の両親にロックを紹介して、ピアザ村でゆったりとくつろいでいたはずだもんなぁ……。

新領主アーケナム・アロサウス――絶対に許さん。

「行こう、ロック！」

「クアゥ！」

淡く輝く結晶植物に照らされながら、俺たちは地下通路を進む。

煮えたぎる怒りを胸に――。

第3章　新領主アーケナムの野望

ユートの父アース・ドライグとユートの母ソラ・ドライグ。

両名が処刑される日の早朝のこと――。

色白で童顔な30歳の男性――アロサウス領の新領主アーケナム・アロサウスは、昨晩、今日の処刑が楽しみで眠れなかった。

ベッドでそわそわしながら時間を潰した後、眠るのを諦めて日の出と共に起き上がる。

そして、邸宅の執務室で飲めもしないコーヒーの匂いを嗅いでいた。

「アーケナム様、おはようございます」

執務室に入ってきたのは艶《つや》のある白髪《はくはつ》を持つ初老の執事《しつじ》。

細く長く伸ばした顎《あご》ヒゲもまた白く艶やかである。

「おお、バラドラか。今日はお前もなかなか早起きだね」

「私はいつも早起きでございます」

初老の執事バラドラのシワが刻まれた顔は年相応だが、その肌の血色の良さは老いに負けないエネルギーを感じさせる。

対して30歳のアーケナムの肌は少々青白く、肉体も引き締まっているとは言えなかった。元から丸い顔には贅肉《ぜいにく》がつき、さらに丸々として見える。黒い髪はキッチリ七三分けだ。

「たまには早起きして朝日を浴びるのもいい……。特にこんな清々《すがすが》しい朝はな……」

口をつけていないコーヒーカップを朝日に向けて掲げ、うっとりとした顔をするアーケナム。

バラドラは「仕方のないお方だ……」と言いたげに首を振った。

「それで今日のメインイベントの主役は元気にしてるかい？　自傷や自害をされたんじゃ……僕は悲しくて泣いてしまいそうだよ。やっとここから理想の領地運営が始まるというのにさ」

「それはご安心を。気丈な夫婦です。怯えることなく、出された食事も平らげるくらいで」

「おおぅ、それはかわいそうに……。でも、そんな素晴らしい人物が命を落とす不条理な時代が、かつてこのヘンゼル王国にはあったんだ。そう、僕を虜にした『陰《かげ》の時代』！」

アーケナムはカップの中のコーヒーを覗き込んだ後、執務室のテーブルの上に置いた。

「物心ついた頃、『陰の年代記』を読んで僕は衝撃を受けた。そして、そこに記された生き方こそ、貴族のあるべき姿だと思った。だから、パパが死んだ今……それを実行する」

『陰の年代記』——。

名君と暴君が交互に現れると言われるヘンゼル王国で、暴君が連続した時代があった。

それは『陰の時代』と呼ばれ、『陰の年代記』はその忌《い》むべき歴史を記した書物である。

あまりにも残虐《ざんぎゃく》かつ凄惨《せいさん》な『陰の時代』の歴史は、国民が手に取ることが出来る歴史書では内容が大幅に削られている。

　しかし、一部の貴族はその時代を克明《こくめい》に記した書物を保有しており、アロサウス家の『陰の年代記』もそういった書物の１つであった。

「忌むべき時代と言われる『陰の時代』だけど、それは民衆にとっての話さ。貴族が最も輝き、その栄華を極めていた時代はここだ！　だから、僕はそれを再現したい！　純粋なる『陰の年代記』のファンとしても！」

「昔からそうおっしゃっていましたね……。正直、私は夢物語で終わると思っていましたが、まさかそれを実行出来る機会に恵まれるとは……」

「ふっふっふっ……新たな王がどこの馬の骨とも知れない女となれば、打ち倒そうという輩《やから》も現れるものさ。僕たちはそれに乗っかって、理想の領地を作り上げるだけだからね」

　今日、理不尽に領民を処刑しようというのに、アーケナムに罪悪感はない。

　書物の中に記された半ば忘れられた時代……。

　その時代への憧れと情熱が、不安定な時世の中で開花しようとしていた。

「あ、そうだ。自傷や自害はしていないという話だけど、こちらからも危害は加えていないだろうな？　このアロサウス領でほぼ１００年ぶりの公開処刑なんだ。出来る限り美しくしたい」

「ええ、そちらも騎士たちに何度も言い聞かせてあります。ただ……その……」

「何？　怒らないから言ってみてよ」

口ごもるバラドラにアーケナムが優しく声をかける。

「今のところ危害は加えていませんが、夫の方は反抗的で、妻の方は相当な美人と来ていますから、荒くれ者の騎士たちは我慢ならん様子です。ここは少しくらい憂《う》さ晴らしを……」

「……おい、今日の処刑に使う道具を言ってみろ」

執務室の空気が張り詰める。

バラドラは「しまった……！」という表情を浮かべる。

「ギ、ギロチンでございます。アロサウス家の宝物庫に収められていた、由緒《ゆいしょ》正しき『陰の時代』の遺物で……」

「ギロチンは処刑される者の苦しみを最小限に抑えるために作られた優しい処刑道具だ。それにかけられる者がすでに痛めつけられていたら……意味がないだろうがッ!!　僕の『陰の時代』の解釈と全然違う……！　高潔《こうけつ》なる者の理不尽な死を美しく見せるためにギロチンは使う！　ボロ雑巾《ぞうきん》のような人間など他の殺し方でいいわッ！」

「申し訳ございません……！　他者のため貴族に逆らう高潔さを持つ者だからこそ、その歴史ある刃を血で濡らす資格があるのでございましたね……！」

ぺこぺこと頭を下げるバラドラを見て、アーケナムは落ち着きを取り戻す。

「ごめん……ついカッとなってしまった……僕にとってバラドラは両親よりも尊敬出来る人だ。禁書とされていた『陰の年代記』をこっそり読ませてくれたのもバラドラだ。今の自分を作ってくれた人に、無礼な口を利《き》いてしまった……本当にごめんなさい……」

「滅相もございません！　アーケナム様のお気持ちを察することが出来なかった私が悪うございます！　騎士たちには決してあの夫婦に危害を加えぬよう、何度も言い聞かせます！」

「うん……ありがとう。怒り疲れて、今なら少し眠れそうだ。正午まで少しの間休むから、寝過ごしそうになったら起こしてほしい」

「かしこまりました、アーケナム様」

バラドラはテーブルに置かれた冷めたコーヒーを持って執務室を出た。

「まったく……少々純粋に育て過ぎたか……？」

従者の冷たい一言をアーケナムが聞くことはなかった。

ユートの両親の処刑まで、あと6時間――。

◇　◇　◇

アロサウス伯爵家の邸宅には地下牢がある。

長らく使われていなかった地下牢だが、今はその中に2人の男女がいた。

男の名はアース・ドライグ、女の名はソラ・ドライグ――。

「今日の正午が処刑だって言うけれど……その前にお昼ご飯は出るのかしら？」

ソラが鉄格子《てつごうし》の向こうをジッと見つめながら言う。

豊かな金髪と慈愛に満ちた青い瞳、とても30代半ばとは思えない若々しさが彼女にはあった。

それは投獄された今とて変わることはない。

「出るはずないだろ……朝食が出たことすら、本当はおかしな話だ……」

ソラの隣で壁にもたれかかり、半分脱力しているアースが答える。

深い緋色《ひいろ》の短髪とガッチリとした体格を持ち、シャープな顔立ちはソラとはまた別系統で若さを感じさせる。

しかし、いよいよ処刑が差し迫った今となっては、全身から覇気《はき》というものが失われている。

「あなた……もう少しビシッと出来ないの？」

「お前が元気過ぎるんだ……どうしてそう呑気《のんき》でいられる？」

「それはね、何だか助かりそうな気がしてるからよ」

「ははっ……いつもの勘《かん》って奴か。的中率は五分五分ってところだな」

「この状況から生き残る確率が半分あるなら……いいじゃない」

「そりゃ、そうだ」

そこまで話して、夫婦の間に沈黙が流れる。

とても耐えがたく、心を不安にさせる沈黙だ。

「……ユート、どうしてるかしら？」

沈黙を破ったソラの言葉に、アースは顔をしかめる。

「さあな……もしかしたら、死んだら会えるんじゃないか？」

「縁起でもないこと言わないでよ！　ユートは生きてるって！」

「それを知るすべがないんじゃ、死んでるのと一緒だ」

「くぅぅ……！　リィナもユートの話はしないし、一体どうしてるのかしら……」

再びの沈黙——次に口を開いたのは、アースの方だった。

「若者が都会に憧れて故郷を出ていく。それは当然のことだ。そして、故郷を忘れて都会に溶け込んでいくのも……当然なのかもしれない」

「そうね、便りのないのは良い便りって言うもんね……。きっと、大成功して忙し過ぎて、手紙を書いてる暇もないのよ……」

自分の息子がそこまで成功していないだろうと、2人は薄々《うすうす》思っている。

それでも2人にとっては特別な存在なのだ。

「ユート、私たちがこんな状態だって知ったら驚くだろうなぁ～」

「そりゃ、俺たちですら予想外……ってわけでもないか……」

「えっ、こうなることが予想出来たの!?」

ソラが目を見開いて驚く。

自分の夫にそんな先見の明があったなんて信じられない様子だ。

「……リィナまで王都に行ってしまって、日常が壊れるのを感じた。そもそも、国王の後継者同士が争って全滅なんてことが起きたのだから、国は揺らいで当然だ。遅かれ早かれ、自分たちの身にも何かが起こると思っていた。まあ、こんなに早いとは思わなかったが……な」

「ほんと、あの小っちゃくて小太りのおじさんが、名君アロサウス伯爵の息子だなんてね……」

三度目の沈黙――次にこの沈黙を破ったのは……新領主アーケナムだった。

「おおっ！　2人とも元気そうで良かったよ！」

二度寝から起き、地下牢まで下りてきたアーケナムは手を叩いて笑顔を見せる。

それはまるで久しぶりに再会した両親の健康を喜ぶ息子のようだった。

「ウワサをすれば出たわね。早く私たちをここから出しなさい！」

吼《ほ》えるソラに対して、笑顔のアーケナムは言った。

「ああ、そろそろ出すとも！　処刑の時間まで後1時間を切ったからね！　それでなんだけど……どっちが先に新たな歴史の幕開けを告げる存在になりたい？」

絶句するソラ。しかし、アースは毅然として答えた。

「俺を先に殺せ。いや……俺だけを殺せ！　妻は解放しろ！」

「残念ながら後者のお願いは聞けない……。でも、前者の方は聞こう！　栄誉ある一番手はお前だ！　なぜなら、お前たちの村から抗議に来た奴らが男ばっかでね。処刑の際に女の甲高い悲鳴が足りないんだ」

「くっ……！　村の住人にも手を出すな……ッ！」

「ああ、まだ捕まえてもいないよ。せっかくの公開処刑に人が集まってないのは嫌だからね。でも、僕の騎士団の連中はフラストレーションが溜まってるんだよねぇ。高潔なるギロチンの後は、貴族に逆らう愚民どもを乱雑に一掃というのも悪くない」

「どこまでも……こいつ……ッ！」

歯を食いしばってアーケナムをにらみつけるアース。

それくらいのことしか、彼には出来ない。

「じゃあ、とりあえず処刑の順番は決定だね。くれぐれも自害しないように。最後の最後まで生きることを諦めないのが大事だよ」

アーケナムは上機嫌で去っていった。

同じ人間のようで、まったく話が通じない存在を相手にしたアースは、形容しがたい疲れを感じて地下牢の冷たい地面に横たわる。

その隣でソラは背を正し、目をつぶってジッとしている。

「祈っているのか？　日々働いて得たものと、食べて体に取り入れたものしか信じないお前が」

アースの質問に、ソラは目をつぶったまま答える。

「だって、ここじゃ働けないし、もうご飯も出なそうだもの。なら、祈るしかないって！　30年以上生きてきて、あんまり祈ったことないから、その分何かを叶えてくれるかも……！」

「まあ、そうするしかない……か。俺は何かあるたびにちょくちょく心の中で祈ってるから、あんまり効果はないかもしれないが……」

夫婦は並んで祈りを捧《ささ》げた。その祈りは誰に届くのか……。

処刑まで、後1時間足らず――。

◇　◇　◇

正午前のイーザンの街――。

街の中心の広場では今まさにギロチンの設置が行われている。周囲にはすでに人々が集まっていて、ピアザ村の村人達もいる。

「グレゴーア騎士団長！　こんな感じでどうっすか？」

「あー……まあ、いいんじゃないか？　俺には違いがさっぱりわからんが……」

新たに組織されたアーケナムの私兵である南領帝騎士団《アーケナム・ナイツ》。

王都の南の領地をすべて手中に収めんとするアーケナムにとって、生命線とも呼べる大戦力をまとめるのは、ヘンゼル王国の裏社会で知らぬ者はいないA級指名手配犯グレゴーアだった。

彼の主な罪状は殺人だ。

対象がどんな要人だろうと、一撃必殺の暗殺で依頼を達成する。

それが困難な依頼ならば、逆に燃えてくる性格の男だった。

そんな彼が暗殺に失敗したのはただ一度きり、数年前の国王暗殺依頼のみである。

各地方の領地を巡っていた先代の国王に刃を振るったが、警護の騎士が持つ盾の『王神器《レガリス》』に阻《はば》まれ、一度の攻撃のみで退散している。

その後は暗殺の依頼主であったとある王族に失敗の責任を問われ、その追っ手から逃れるためアロサウス領に潜伏していた。

細々と依頼をこなしながら、時の流れが自分に味方するのを待っていた。

そして……その時は来た。

先代国王の死と共に発生した後継者たちの暗殺合戦……。

その騒動の中でかつてグレゴーアに国王暗殺を依頼した王族も死んだ。

もはや追っ手を差し向けられることもないだろう。

これで王なき混沌の時代が訪れる……と思いきや、先代国王の落胤《らくいん》ラコリィナが崩れかけた王家を支え、際どいところでバランスを保っている。

だが、それも長くは続かないだろう……。

王家を完全に滅ぼし、国の支配者に取って代わろうという勢力が、各地で行動を始めていた。

グレゴーアは雌伏《しふく》の時を過ごしたアロサウス領の新領主アーケナムの私兵となり、来《きた》るべき混沌の時代に備えることにした。

とにかく戦力を欲していたアーケナムにとってA級指名手配犯は非常に魅力的で、グレゴーアは望まずして騎士団長の地位を手に入れることになった。

「しかしまあ……団長なんてガラじゃねぇな」

1人で暗殺を行ってきたグレゴーアに組織を指揮する能力などないし、暗殺以外の仕事をやらされたこともなかった。

しかし、今はアーケナムからギロチンの設置を命令されている。

部下となった荒くれ者たちに指示を出し、アーケナムを満足させるギロチンの置き方を模索しているところだ。

(あのボンボン……さっきは角度が違うとか言ってキレやがったが、どう違うのかまでは言わねぇし、正解は何なんだよ……。まったく、他にもっといい雇い主がいりゃ、ボンボンの首を喜んで差し出すんだがな)

心の中で毒づくグレゴーア。

ボンボンとは説明するまでもなくアーケナムのことである。

今の裏社会は勢力ごとの対立が激化していて、数年潜伏したアロサウス領を離れて他の地域を仕事場にするにはリスクがあった。

とはいえ、今の雇い主に不満があるのは否めない。

（やっぱ女王暗殺に参加したかったよなぁ……）

新たに南領帝騎士団《アーケナム・ナイツ》に加入した者の中に、王都を拠点に活動していた者がいた。

その者が持ち込んだのは、とある勢力による女王暗殺計画の情報……。

それが信用に足るものと考えたアーケナムたちは、暗殺計画に時期を合わせる形で領民の処刑を行うことにした。

王都で暗殺が起これば、女王の直属である王国騎士団はそちらに集中する。

となると、自分が行っている弾圧への対処は遅くなり、体制を整える時間が稼げる。

勝手に計画に便乗しただけなので、女王暗殺が上手くいっているのか知るすべはない。

アーケナムはとにかく自分の野望を実現したいだけで、先のことまでは考えていなかった。

（先代国王暗殺でヘマしてなきゃ、中央貴族との繋がりも切れてなかったんだが……）

王国を崩そうとする者たちは王城内部にもいる。

暗殺合戦で多数の王族が消えたとはいえ、その子孫や関係者まで全滅したわけではない。

本来なら陰謀渦巻くヘンゼル王国の中で、一番信頼される暗殺者は自分だという自負がグレゴーアにはあった。

「俺が王都にいりゃ、俺を雇った奴が王だったさ」

独り言をつぶやき、剃《そ》り込みの入った側頭部を撫でるグレゴーア。

ショッキングピンクに染めた髪を頭頂部はツンと逆立て、側頭部は短く切り揃えている。

剃り込みの模様はどこか呪術的な雰囲気を醸《かも》し出しているが、散髪屋が適当に剃っただけである。

服装は使い込まれた黒のレザージャケットにレザーパンツ、そしてレザーブーツだ。

防具の類は一切つけていない。

とても暗殺者とは思えない服装は、自分の存在を裏社会に知らしめるためのものだ。

一撃で仕事を終わらせて消える自分を人々の記憶に刻み、忘れさせないための衣装なのだ。

その暗殺を支える武器は、ヘンゼル王国の東にある国から人の手を渡り流れてきた妖刀《ようとう》である。

背の高いグレゴーアが持ってもその刀身の長さが際立つ大太刀《おおたち》は、幾人《いくにん》もの人の血を吸い刃が赤に染まっている。

斬っても斬っても斬れ味が落ちることはなく、むしろ増していく特性を持つ。

そこへグレゴーアの得意とする武器強化魔法が合わされば、斬撃を防御する手段はほぼない。

それなら回避すれば……と考えるだろうが、それはグレゴーアの研ぎ澄まされた高速の剣術が不可能とする。彼は肉体強化魔法も扱えるのだ。

大太刀を振り回しているとは思えないコンパクトでスピーディーな我流剣術で、今まで1人を除いてすべての暗殺対象を抹殺してきた。

ただ、しばらくは妖刀の出番はないだろうとグレゴーアは落胆していた。

（ギロチンによる公開処刑か……暗殺者の俺が言うのも何だが、趣味が悪《わり》ぃな！　死の恐怖を牢の中で味わわせたうえ、見せびらかしながら殺すなんてよ。やっぱ殺しっていうのは、死なないと思ってるところに突然の死を与える……これに限る！）

彼には彼の美学があるが、他人の趣味にはあまり口を出さない。

それが悪人の社会において長生きする秘訣《ひけつ》である。

「……誰かと思えば領主様、いらしたんですねぇ」

背後から来るアーケナムの気配を察したグレゴーアは先手を打って話しかける。

「やはり君は凄腕のようだね！　これでも僕なりに気配を消して近づいてみたんだけど？」

「あはは、やっぱりそうですか？　少しわかりにくかったですよ」

「本当かい!?　いやぁ、僕には戦いの才能もあるのかなぁ～！」

嘘である。気配など微塵《みじん》も消せていない。

これはグレゴーアなりのお世辞《せじ》だが、アーケナムは素直に受け取ってしまった。

「領主様、ギロチンの置き方は……これでよろしいですかい？」

「うん！　今までで一番いい感じじゃないか！」

先ほどと打って変わってギロチンの置き方を褒めるアーケナム。

グレゴーアは「やっぱ、わかんねぇ……」とでも言うように首をかしげた。

「じゃあ、そろそろ公開処刑を始めようか！　グレゴーアくんも近くで見るかな？」

「いや、俺は物陰に潜《ひそ》んで処刑を妨害しようとする奴を見張りますよ。お気になさらず楽しんでくださいな」

「わかった！　よろしく頼むよ！」

待ち望んだギロチンを使った処刑を前に、アーケナムの頬は紅潮している。

「処刑が終わった後、広場に群がる愚民どもの一掃を命じるかもしれないから、楽しみに待っていてくれたまえよ！」

「……了解でぇす」

Ａ級指名手配犯にまで上り詰めた男にとっては、身を守る力を持たない平民をいくら殺したところで、それは草むしりと変わらない。

依頼されたといえど、そんな仕事で気分が上がるわけもない。

駆け出しの頃から、稼ぎにならない無駄な殺しはしてこなかった。

もっと厳重に警護された要人や、高い戦闘能力を持つ達人を一撃で沈めたい……。

そんな彼の欲望は満たされそうもなかった。

（虐殺なんて俺のいないところでやってくれってな。あーあ、出てきてくんねぇかなぁ……俺の愛刀の肥《こ》えた舌に見合う血の持ち主がよ……！）

グレゴーアは処刑に反対する民衆たちを見渡した後、小さくため息をついてその場を離れた。

そして、その姿はすぐ物陰に隠れて見えなくなった。

処刑執行まで、後10分――。

◇　◇　◇

「罪人を前へ！」

民衆に囲まれたイーザンの街の広場に、領主アーケナムの声が響く。

彼はこの処刑に反対する人々に襲われないよう、周りを騎士で囲んでいる。

「ほら、さっさと歩け！　じゃないと俺がお前たちの次になっちまう！」

罪人とされたドライグ夫妻をギロチンまで歩かせるのも騎士の仕事である。

彼らは罪人の拘束の仕方や、歩かせ方にまで注文を付けられ気が立っていた。

「恐怖政治など、そう長く続くものか……」

体を小突かれたアースはじりじりと前へと進む。

素直に殺されるつもりはない。救出される可能性はなくとも、最後まで抵抗は続ける。

「恐怖政治……ねぇ。それが続いた時代があったのだよ！　『陰の時代』は今ここに復活する！」

アースはおろか、騎士にもアーケナムの言葉の意味はわからない。

彼はすでに誰からも、狂った独裁者と見られつつあった。

「あなた！　立って歩いてないで地面に這《は》いつくばるのよ！」

自分から離れていく夫にソラが叫ぶ。

しかし、ソラの言葉を聞いた騎士によってアースは両脇を抱えられ、引きずられながらギロチンへと連れられて行く。

「口に出したらこうなるだろうに……」

小さくつぶやいたアースは笑っていた。

そんなソラの直情的なところを好きになったんだな……と出会った頃のことを懐かしむ。

「ちょっとちょっと！　諦めた顔してんじゃない！　もっと抵抗しなさい！」

「ソラ、最後に俺の話を……」

「聞かない！　そんなヘタレの話なんか……っ！」

ソラは激情のまま、夫のもとへと走り出した。

両腕は後ろ手に縛られているが、それ以外は両脇にいた騎士が肩に手をかける程度だった。

この夫婦を傷つければ罰が下ると聞かされていた騎士たちは、そもそもこの2人にあまり触れたくなかった。ゆえに拘束も緩い。

そして何より、ここで少し拘束を逃れたところで何も事態は変わらない。

アースにも、ソラにも、荒くれ者の騎士たちと戦う力はないからだ。

夫婦にしばし寄り添う時間が出来たところで、処刑の運命は変わらないと……この場にいる誰もが思っていた。

ほんの数名を除いては——。

「ソラ！　何をしてるんだ！」

「こんな時に何もしないわけないじゃない！」

気丈なソラがついに涙を流し始める。

アースは唇を噛みしめ、ピアザ村の人々だけでなく、イーザンに住む人々からの抗議の声も一層大きくなる。

だが、街の人々に騎士団を打ち倒す力はない。

「す、すごい……！　こんな熱気を感じるのは生まれて初めてだぁ！　悲鳴、怒号……そして感じるぞ……！　この民衆の中にも僕と同じように、悲劇の瞬間を待ちわびる、陰の感情に支配された人がいるのを……！」

集団の中から感じる人間の陰の面、人の不幸を喜ぶ心、後ろ暗い好奇心……。

この場に集まったすべての民衆が処刑に反対しているわけではない。

何か珍しくて面白いものが見られそうだと広場にやって来た者も少数だがいる。

アーケナムは生まれて初めて誰かの共感を得たような気がした。

「よし！　盛り上げは十分！　夫の方をギロチンにセットするんだ！」

騎士たちはアースの体を押さえ込もうと手を伸ばす。

しかし、ソラの涙を見たアースの怒りの形相《ぎょうそう》、その威圧感を前に騎士たちは動きを止める。

その瞬間だった——人々の群れの中から何者かが飛び出してきた。

それも常人では不可能なほど、ギロチンに向かって高く跳んで――。

「竜魔法《ドラゴスペル》――」

空中の何者かの両腕が、紅く巨大な怪物の両腕に変わった。

それはまるで……ドラゴンの腕！

「な、何だ何だ……!?　何をする気だ……!?」

その場にいる全員があっけに取られる中、アーケナムだけは本能的にこれから起こることを察知していた。

その何者かは祈るようにドラゴンの両手を組み、大きく振りかぶる。

「やめっ、やめろォォォォォォォーーーーーーーーーーッ!!」

「竜碗鎚《アームハンマー》！」

振り下ろされたドラゴンの巨碗《きょわん》は、アロサウス家の家宝とも呼べるギロチンを粉砕した。

砕け散った刃の一部が、アーケナムのもとにまで飛び散る。

その刃を拾い上げ、赤子を抱えるように腕に抱き、アーケナムは泣く。

自身の皮膚《ひふ》が切り裂かれることもいとわずに……。

「て、てめぇ……！　何をしたかわかってんのか!?」

「ど、どうしてくれんだよ……！」

騎士たちはうろたえている。何をしたのか、どうしたらいいのか、彼らにはわからなかった。

そんな彼らに謎の人物は容赦なく攻撃を浴びせる。

「竜拳銃《ガンナックル》」

拳ほどのオーラの塊が高速で撃ち出され、夫妻の周囲にいた騎士たちに直撃する。体を貫通するほどの威力はないが、頭部やみぞおちなど急所に食らえば意識は飛ぶ。

ほんの数秒で恐怖の象徴だったギロチンを粉砕し、村人が何人集まっても倒すことが出来なかった騎士を撃破した謎の人物は、穏やかな声で言う。

「ここから逃げてください。俺の仲間が先導します」

「ユート！　ユートなのね！」

「あっ、その……今は逃げることだけを考えて……」

「やっぱりユート！　絶対にユートよ！」

謎の人物――ドライグ夫妻の息子ユート・ドライグは、目深《まぶか》にフードを被ったまま引きつった笑みを浮かべていた。

顔を隠して声色を変えれば、両親に正体を隠せると思っていたのだ。

実際、父親のアースの方はまだユートであるという確信を持てていない。

しかし、母親のソラは一瞬でその正体を見抜いてしまった。

そして、彼女はあまり状況を考えて動ける人物ではない。

「……そうだよ、ユートだよ！　助けに来たから、今はとりあえず安全なところに逃げて！　親子っていう関係性もバレない方が動きやす……」

「2年で大きくなったじゃない！　それに魔法も使えるようになったのね！　お父さんもお母さんも魔法はからっきしなのに、やっぱりユートはすごい！」

「あ、ありがとう……。でも、今は……」

「ソラ、今はユートの言葉に従うんだ」

アースがソラを落ち着かせる。そして、父と子は向き合う。

「顔をしっかり見たいが……今はやめておこう」

「うん、後でいくらでも見せるよ」

オーラをまとった手刀で両親を縛っていた鎖を断ち切り、２人を近くで待機していたシウルに任せる。

「作戦通りパールトさんが来るまで2人を隠してください。敵は俺とフゥで無力化します」

「わかったわ！　無理はしないで……いや、ここは無理するところよね！」

「久しぶりに会った両親の前ですから」

組織としては未熟な南領帝騎士団《アーケナム・ナイツ》の騎士たちも流石に状況を理解し始めた。

それはとってもシンプルな話――子が親を助けに来たのだ。

第4章　竜騎士、現る

少し時間はさかのぼり――。

ユートたちが地下通路を通って、イーザンの街の真下までやって来た頃。

「結局のところ、使い物になるのは街外れの出入口だけか……」

忘れ去られた古い通路の出入口は、いろんな原因で塞がれていたらしく、ほとんど使えなかった。

ただ、街外れの空き地にある出入口だけは壊す必要もなくスムーズに通ることが出来たのだ。

コソコソとそこから這い出したユートたちは、目立たないように街の様子を探った。

「うーむ、思ったより平和だな……」

街の住人たちは自由を奪われているわけではなかった。

住人の動きを見張っている騎士はちらほらいても、彼らが何かをすることはない。

それはピアザ村から押し寄せた村人たちに対してもそうだった。

ユートにとって昔懐かしい人々は捕まっていると思っていたが、実際はギロチンが準備されている中央広場に集まって処刑への抗議活動を行っていた。

ユートは両親のためにここまでしてくれる村の人々に感謝すると同時に、彼らをこのイーザンから脱出させる難しさを痛感した。

「あそこまで熱を持って抗議している人たちが、急に引いて街から出ていったら絶対に怪しまれる。処刑開始前に街から逃げてもらうことは不可能……」

正直、接触して話をするだけでもリスクが大きい。

村の人たちは声が大きいし、久しぶりのユートとの再会なんて叫び声を上げるはずだ。

それを見回りの騎士に聞かれたらユートの存在が目立ち、下手をすれば、処刑されるドライグ夫妻を助けに来たということがバレてしまうかもしれない。

ゆえに村人との接触はなし。誘導して事前に逃がすことも不可能。

両親が領主邸の地下牢に閉じ込められていることは、聞こえてくる街の住人や騎士たちの会話から確実だが、そこに地下から侵入するための出入口は塞がれている。

「もう、処刑の直前に奇襲を仕掛けるしかない」

処刑となれば向こうから両親を広場まで連れてきてくれる。

そして、わざわざ人が集まりやすいところで処刑するのだから、その瞬間を多くの人が見やすいよう、ギロチンの近くに大人数の騎士を配置することはないだろう。

配置するにしても、ギロチンから数メートルは離れているはずだ。

地下通路から地上に出た時点で、綿密な作戦を立てる時間はなかった。

だが、出来る限りの思考を巡らし、最も救出出来る可能性が高い作戦をユートたちは立てた。

それが正面突破だっただけである。

◇◇◇

怒り……怒りだ！　2年ぶりの両親との再会を台無しにされている！

自分の中にこんな感情があったのかと驚くくらい、どす黒い怒りを感じる……。

でも、この感情に支配されてはいけない。

怒りに身を任せれば、今の数倍の力を発揮出来そうな気がするけど……それはまやかしだ。

理解出来ない力、制御出来ない力——それは切り札でも隠し玉でもない。

そんなものは自分の実力ではないんだと、いつかの修業中にキルトさんが言っていた。

大丈夫、今まで積み重ねてきた自分の力でこの状況は切り抜けられる！

「あ、あああ、ああああーーーーーッ!!」

新しい領主アーケナム・アロサウスらしき人物は……砕けたギロチンの刃を抱きかかえて大泣きしている。

刃の尖った部分が自分の身に食い込むのもお構いなしだ。

俺からすれば恨むべき相手なのに、同情してしまいそうになる。

あのギロチンは、彼にとってそれほどまでに大事な物だったんだろうか……？

今の彼が抱いている悲しみは純粋だと感じる。

何とも不思議な……いや、もはや気味の悪い状況だが……。

「許しはしない」

俺だって今回ばかりは湧き出る怒りが止まらない。

今まで出会ってきた悪人たちの中でもあいつは別格だ。

すでに戦う意思は砕けていそうだが、それでも無力化して厳重に拘束する！

「あ、あひっ、あいつを……殺せェーーーッ!!」

アーケナムが叫ぶ。それを聞いた騎士たちが一斉に武器を構えて俺をにらむ。

騎士たちは「ここで俺を殺さなきゃ後でお仕置きが怖い……」とでも言いたげな表情だ。

だが、安心してほしい。お前たちに後なんてものはない。

「誰だか知らんが……俺たちのために死ねッ！」

「竜拳《ナックル》！」

「ぐええ……ッ！」

向かってきた1人をオーラの拳でダウンさせる。

広場にはこの騒動を見守るべきか、この場から離れるべきか、決めかねている人々がいる。

あまり広範囲に影響が及ぶ大技は使えない。

向かってくる敵をちぎっては投げ、ちぎっては投げ、数を確実に減らしていく。

南領帝騎士団《アーケナム・ナイツ》のメンツは見た目こそ厳ついが、戦い方の基本がなっちゃいない。

体術、魔法どれもこれも低レベル。急造の組織だから連携も全然だ。

このまま全員、イーザンの街の地面を舐《な》めさせてやる……！

「てめぇ！　動くなっ！　こいつがどうなってもいいのか!?」

騎士の1人が事態を見守っていた一般女性を羽交《はが》い締めにし、首筋に短剣を突き立てる。

そういうこと……やってくると思ってたよ。

「へへ……っ！　そのままおとなしく地面に膝をついて……」

ズドンッ！　多くの人にとって聞き慣れない音が広場に響く——。

「ガ、ハァ………!?」

女性を人質に取っていた騎士が意識を失い、その手から短剣がこぼれ落ちる。

「今のうちに街の人と一緒に逃げてください」

「は、はい……！　ありがとうございます……！」

女性は危機を脱し、街の人々と固まって逃げていく。

「正確無比な射撃だ……。また腕を上げたな」

気絶した騎士の眉間《みけん》には、小さな氷が付着している。

これは広場を見下ろせる時計塔に陣取っているフゥが放った氷の弾丸だ。

使っているのは大型の銃——マギアスナイパーライフル。

弾丸は威力を抑えているため頭に当たっても死にはしないが、いつ目覚めるかはわからない。

まあ、目覚めた時には牢屋の中というのは間違いない。

１発目を撃って位置がバレたフゥは立て続けに狙撃《そげき》を行い、俺から離れた位置にいる騎士を重点的に無力化していく。

弓矢よりも速く威力の高い飛び道具には、凶悪な騎士たちも対応出来ない。

「フゥがだいぶ片付けてくれたな。となると、残りは……」

アーケナムの護衛として残っている、飛び抜けて屈強そうな騎士が２名。

この２人は他の騎士とは違う。体の鍛え方、立ち姿、何より目の奥の輝き……。

「あなたたちは……元からアロサウス家に仕えてきた騎士ですね」

返事はないが、俺の言葉を聞いて泳いだ視線を見逃さない。

この人たちは先代領主の時代からアロサウス家、そして領民に尽くしてきたんだ。

「自分たちの主の暴走を止めてください。主君を諫《いさ》めるのも騎士の務めですよ」

目の前の騎士たちは明らかに動揺している。

きっと、アーケナムのことも幼い頃から知っていて、その成長を見守ってきたんだろう。

だからこそ、間違ったことをやっている彼を止めてほしい。

そうすれば、王都から王国騎士団が来る前に、事態は一応収束出来る。

「どうしたんだ、お前たち……！　僕の命令に従えっ！　あいつを殺すんだっ！」

「領主様……いや、アーケナム坊ちゃん……こんなことはもう……やめましょう」

「何を言っているっ！　陰の時代の復活は始まったばかりなんだ……っ！」

「騎士として命を懸けて……もっと早くにお止めするべきだった……！　私たちも共に罪を背負います。だから、どうかこれ以上は……」

「嫌だあああああああっ！　早くあいつをやっちゃえよっ！　グレゴーアッ！」

アーケナムの叫び声を聞き、俺は周囲を警戒する。

だが、俺が振り返った時にはもう……謎の男が背後に迫っていた。

さらにその男が振りかぶった大太刀は、すでにこちらを攻撃範囲に捉えている！

◇　◇　◇

暗殺者グレゴーアはアーケナムの叫びを合図に……いや、その前から動き始めていた。

名前を呼ばれてから動き出すのでは、暗殺対象に存在を知られてしまう。

ユートが飛び出してきた時、広場に面した建物の上階に潜んで処刑を眺めていたグレゴーアは驚いていた。

わざわざ自分が出る必要もないだろうと思っていたら、いきなり乱入者が現れて地上にいた騎士たちをどんどん薙《な》ぎ倒していく……。

グレゴーアはその様子をしばらく見守っていた。

流れが読めないまま飛び出して部下を助けに行くほど、彼は騎士団に愛着がない。

（どの属性にも当てはまらない……見たこともない魔法……だが、ウワサに聞いたことはある。それに罪人の女が叫んでいた『ユート』という名前……確定だな）

数年前から王都に戻っていないが、耳を澄ませばウワサはどこでも流れ着いてくる。

乱入者は最近王都で名を上げているＣ級冒険者ユート・ドライグだと、グレゴーアは断定した。

しかし、ただのＣ級冒険者ならグレゴーアが出る必要はない。

地上に待機していた騎士たちの中には、Ｂ級指名手配犯も何人か交じっている。

冒険者と犯罪者――それぞれの級は対応していて、Ｃ級１名とＢ級複数名では本来勝負にならないほどの戦力差があるはず……。

だというのに、ユート・ドライグは案山子《かかし》でも相手にしているように、騎士たちをいとも簡単に吹っ飛ばしていく。

世間に出回っているＣ級だという情報と、自分の目で見ている状況が違う――。

グレゴーアは自分の目で見たものを信じた。

（聞いていたよりも冷静な戦闘スタイル。俺の目に狂いがなければＢ級上位……いや、Ａ級判定をやってもいい！）

愛刀の錆《さび》にするには十分な相手だ。だが、グレゴーアはすぐには外に飛び出さなかった。

時計塔の上から狙撃を行う少女の存在が気になったからだ。

(あの武器は魔力の銃マギアガン……だが、見たことないタイプのものだ。表でも裏ルートでも、あんな威力と精度を誇る銃は出回っていない。特注品か、あるいは自分で作った……なんてな)

グレゴーアは待った。時計塔の狙撃手が集中力を切らすまで。

(今ここから飛び出したって、必ずあいつの視界に入る。見逃してくれるとは思えん。殺傷能力がない弾丸だからこそ、誤射を恐れず撃ってくるだろうしな)

一撃で対象を暗殺するスタイルから短気な男と思われがちなグレゴーアだが、実際は非常に辛抱強い。

彼の場合、一瞬の隙があればいい。それさえあれば暗殺は成功する。

だからこそ、時間の許す限り……その一瞬を求めて待つ。

そして、その時はやって来た。

広場の騎士は大体倒され、残るはアーケナムの隣にいる古株の騎士２名だけとなった。

彼らは主であるアーケナムを説得し、罪を償《つぐな》わせようとしている。

それは戦いの終わりを予感させ、広場にいる人々の気が緩んでいく。

その空気感は時計塔の狙撃手にも伝わる。

彼女はマギアガンの銃口を少し下げ、様子見の態勢になった。

視線こそ広場に向けられたままだが、すぐさま狙撃は出来ない状態になったのだ。

グレゴーアはその隙に建物の窓から飛び出した。

(よく集中力が持った方だ。戦闘に対する意識が高いぜ、時計塔の嬢ちゃん……!)

地面に着地したグレゴーアは大太刀を抜き、2歩でユートを攻撃範囲に捉えた。

(生きてればもっと強くなっただろう。だが、竜騎士の伝説はここで終わりだ!)

赤色の刃が狙うはユートの首。一撃で仕留めることにためらいはない。

気配に気づき振り返ったユートに竜牙剣を抜く暇はない。

だが、オーラの盾で防げるほどグレゴーアの一撃は甘いものではない。

今この瞬間――ユート・ドライグには、この一撃を回避する手段も防御する手段もなかった。

「クゥッ!」

突如、ユートとグレゴーアの間に割って入る小さな生物。

その生物の頭には……金色《こんじき》の角《つの》が生えていた。

ガギンッ……! 赤色の刃と金色の角がぶつかり合い、激しい火花を散らす!

人の首を斬り落とす時のするりとした感触を期待していたグレゴーアは驚愕《きょうがく》する。

(この生き物は……!? それにこいつの角……俺の一撃を受け止めているのか!?)

有力貴族に伝わる特別な武器である王神器《レガリス》以外に、受け止められたことがなかった自慢の一撃が……謎の生物に受け止められている。

いや、グレゴーアは国王暗殺の失敗から学び、さらなる剣術の鍛錬を積み重ねてきた。

今ならあの忌まわしき王神器《レガリス》の盾すら叩き斬れる……そう信じていた。

グレゴーアはユートと謎の生物から距離を取る。

「チィ……ッ！」

そして、必死に頭を落ち着かせ、割って入ってきた生物の正体に見当を付けた。

（そうだ、ドラゴン！　竜騎士が連れているドラゴンなんだ！　まだ子どものドラゴンとは聞いていたが……あんな猫みたいなサイズとは思わなかった……！）

ウワサはすさまじい速度で広まるが、そのすべてが正確とは限らない。

グレゴーアは子どもの頃に読んだ絵本の影響でドラゴンを超巨大な魔獣と認識していたため、ドラゴンの子どもも馬くらいの大きさはあるだろうと思っていた。

ゆえにユートの周囲や物陰、人ごみの中にドラゴンの姿が見えなかったことで、今は別行動をしていると判断してしまった。

実際は敵に見つからないように姿を隠し、ユートとフゥだけではどうにもならなくなった時のためにずっと待機していたのだ。

（俺の一撃を防いだあの角……よく見るとドラゴンの頭から直接生えてるわけじゃない！　ドラゴンが被ってる兜《かぶと》から生えてるんだ！　まさか、ドラゴンが防具を身に着けているなんて……！）

紅色のウロコを持つ子ドラゴンは、頭の形ピッタリの金色の兜を被っている。

人間の防具をそのまま身に着けているわけではなく、ドラゴン用の特注品と言える形状だ。

そして、その兜からは金色の角が生えている。

一体、誰があんな特殊な形状の防具を生み出したというのか？

何よりグレゴーアの一撃を受け止められるほどの強度は、どうやって生まれたのか……。

「何だ……どういうことだ……!?」

一撃で対象を仕留められなかった時、グレゴーアは一目散に逃げると決めている。

だが、伝説の魔獣ドラゴンがあまりにも想像と違う姿で現れたせいで彼は混乱していた。

身体能力、知能、そして魔法――。

ドラゴンはすべてにおいて人間より優れた生物だと伝えられている。

現代では実際にドラゴンと出会った者が少なく、その伝承が真実なのか証明することは難しい。

ただ、ユートの相棒のドラゴン――ロックに関しては、生まれて1年にも満たない段階で人間の子どもを遥かに圧倒する身体能力、知能、そして……魔法を身につけていた。

◇　◇　◇

数々の激戦をくぐり抜けたロックが感じていたのは、最強魔獣としての慢心ではなく、いつも力及ばない自分の未熟さだった。

白亜《はくあ》の魔鋼兵、キングタイプのゴウガシャグモなど、まだ幼いロックでは１人で立ち向かうことが難しい強敵が存在した。

しかし、長寿の種族であるドラゴンはそう簡単に体が成長しない。

日々の修業で体を鍛えることは無意味ではないが、それだけでは劇的な戦闘能力の向上は見込めず、すぐに頭打ちになってしまう。

そんなロックが出した答えは——魔法。

今までの戦いでは一度も使ってこなかった。

いや、ロックには使い方がわからなかったし、使おうと思ったことすらなかった。

だが、キルトとガルゴの戦いを見ていたロックは、その強大な魔法の力に希望を見出《みいだ》した。

体は幼くとも、保有する魔力はすでに一般的な人間のそれを遥かに超えている。

ロックはユートがまだ寝ている早朝の間に、キルトから魔法を習うようになった。

流石のキルトもドラゴンに魔法を教えたことはないので、最初はどうしたものかと悩んだ。

そして、キルトの最初の言葉は「ロックちゃんはどんな魔法が使いたい？」だった。

ロックはしばらく考えた末、１つの明確な答えを出した。

それは防具——人間が貧弱な体を守るために身に着ける道具である。

魔獣にとっては毛皮であり、甲殻《こうかく》であり、ドラゴンにとってはウロコ。

人間の防具は魔獣から取った素材で作られることも多いため、それらを生まれ持っている魔獣が防具を身に着ける必要などない。

だが、人間の社会で生きるロックは、防具こそ足りない自分の力を補うものだと思った。

そこからロックが自分の魔法『竜魔装《ドラゴアームド》』を習得するまでに時間はかからなかった。

「クウウウッ！」

金色の角が生えた兜を生成する竜角兜《ホーンヘルム》は、急所の防御と得意技である突進からの頭突きを強化する攻防一体の魔法。ロックが扱う魔法の中でも、最も高い硬度を誇る。

生成される防具が金色な理由はユートにある。

従魔紋から流れ込んだユートの力に影響を受け、金色のオーラ竜魔装《ドラゴアームド》を覚えるに至ったのだ。

ユートが従魔紋を通してロックから流れ込んだ力に影響を受け、紅色のオーラ竜魔法《ドラゴスペル》を習得したように……。

◇　◇　◇

「ロック、ありがとう。おかげで助かった！」

命を落とすところだったユートだが、その反応は案外冷静だった。

それは怒りで我を忘れ、自分の命を軽視しているからではない。

自分の背中を守るロックから、今までとは違う自信を感じていたからだ。

竜魔装《ドラゴアームド》の存在はまだユートには伏せられていたが、そこはお互いの命を預ける相棒同士……何か新しい力が目覚めたことは察していた。

誰が背中を狙おうとも、必ずロックが守ってくれるという確信がユートにはあった。

「くっ……！　得体の知れない奴らだ……！」

やっと落ち着きを取り戻したグレゴーアが撤退を試みようとする。

しかし、次の瞬間にはロックが彼の背後に回り込んでいた。

「「速い……！」」

ユートとグレゴーアの声が重なる。

ロックの小さな翼は今、金色の大きな翼に姿を変えている。

竜翼《ウィング》はロックの翼を軸として、その周囲を魔力で固めることにより、翼を一回りも二回りも大きくする魔法だ。この状態のロックは小さな翼では出来なかった、急加速と急減速を実現する。

退路を断たれたグレゴーアだが、あくまでも彼のポリシーは一撃の暗殺だ。

その一撃を防がれ、敵も得体の知れない相手となれば、彼に正面切って戦うという選択肢はなかった。

「押し通らせてもらう……ッ！」

一度は防がれてしまったが、そう何度も防がれるはずがない……。

今度こそはドラゴンの方にダメージを与え、その隙にこの場から離れる……。

そう考えたグレゴーアは大太刀に魔力を込め、ロックに突撃する。

自身の愛刀と剣術への自信、暗殺を失敗した経験の少なさが彼にこの選択をさせた。

グレゴーアは振り上げた大太刀を、引き下がろうとしないロックに向けて振り下ろした。

だが、またもやその刃が対象を切り裂くことはなかった——。

「なっ……これは……!?」

ロックは竜角兜《ホーンヘルム》ではなく、新たな竜魔装《ドラゴアームド》——竜籠手《ガントレット》を発動した。

まだ短い前脚に金色の籠手《こて》を装備し、大きな前腕《ぜんわん》を得る魔法だ。

これによって生まれた2つの大きな手で、ロックは大太刀をパンッと挟み込んだ!

「白刃取り……ッ!?」

まさかドラゴンがこんな妙技を披露《ひろう》するとは……グレゴーアは舌を巻いた。

しかも、まだ同時に複数の竜魔装《ドラゴアームド》を装備出来ないロックは、竜角兜《ホーンヘルム》なしで白刃取りを行っている。

一歩間違えれば、刃をむき出しの頭で受けることになったというのに……!

「なんて覚悟を決めてやがる……!」

命知らずの行動に驚愕と称賛の気持ちが入り交じるグレゴーア。

これほどの精密さと力強さを竜魔装《ドラゴアームド》が得たのは、ほんの数時間前のことで、それまでは今ほどのものではなかったのだ。

運命的な出会い——地下通路に咲き誇る高魔元素の結晶たちは、魔力を固めるように防具を形成する竜魔装《ドラゴアームド》にとって最高のお手本だった。

わずかな時間でロックの記憶に焼き付けられた結晶の花々は、竜魔装《ドラゴアームド》のレベルを何倍にも引き上げ、ここまでのパフォーマンスを発揮させたのだ。

「クソ……ッ！　この馬鹿力がよ……ッ！」

竜籠手《ガントレット》に挟まれた大太刀は、人間の力で抜けるものではない。

これほどの力で挟まれても砕けない刃もすさまじいが、それがグレゴーアの判断を鈍《にぶ》らせた。

彼は長く連れ添った愛刀を置いて逃げる選択肢を選べなかったのだ。

そして、ロックがわざわざ危ない橋を渡ってまで大太刀を取った理由は……。

「竜魔法《ドラゴスペル》――竜蹴《シュート》！」

グレゴーアを足止めし、トドメをユートに刺させるためだ。

「グッ……カハッ……ッ!?」

オーラの蹴りを横腹に受け、グレゴーアはついに愛刀を手放す。

強烈な一撃を受けた彼の体は吹っ飛び、何度もバウンドし、ギロチンの残骸《ざんがい》が散らばる広場を転げ回る。並の人間なら致命傷になってもおかしくない攻撃……。

それでもグレゴーアは意識を失わず、すぐさま上体を起こして膝を立てた。

だが……そこで動きは止まってしまった。

もはや彼に戦う力が残されていないのは、誰の目からも明らかだった。

第5章　輝《ひかり》と陰《かげ》、2つの心

「ロックにはまた助けられたな」

「クー！」

武器の鑑定なんて出来ない俺でも、あの刀が宿した力の危うさはわかる……。

今回はあの男が俺とロックから逃走することだけを考えていたから、大きな被害を出すことなく片付けることが出来た。

だが、無関係な人々への攻撃もいとわない人物があの刀を持っていたとしたら……。

身を挺《てい》して刀を奪い取りに行ったロックの行動は、まったくもって正しいと言える。

それにしても、恐るべき刀とその使い手だった。

ロックが守ってくれなかったら、おそらく俺は死んでいた……。

オーラの防御では力不足、たとえ竜牙剣を出せたとしても、それを握る俺の握力が一撃の重さに耐えられたかどうか……。

「これほどの男が……あんな貴族の言いなりになっているとはな」

人を殺すことへのためらいのなさ、その手口の鮮やかさから本職の暗殺者だと推測出来る。

王族の中で暗殺合戦が起こり、地方の貴族は暗殺者を騎士に仕立て上げている。

このヘンゼル王国に暗黒時代が訪れるつつあることを、実感せずにはいられない。

「縄や鎖であの男の自由を奪えるかはわからないけど、とりあえず縛るだけ縛っておこう。ロック、魔法を維持するのは大変だと思うけど、拘束し終えるまでその刀は放さないでほしい。万が一ということもある」

「クゥ！」

持ち主の手から離れても、刀からは重苦しい魔力と威圧感が伝わる。

そこらへんに転がしておくのはあまりにも恐ろしい……。

ロックの竜籠手《ガントレット》で挟んだままにしてもらう。

「は……ははは……っ！　人殺しの最後など案外あっけないものだとよく聞くが……俺には思ったより派手な死に場所が用意されてたなぁ……」

男……そうだ、確かアーケナムは彼をグレゴーアと呼んでいたか。

グレゴーアは立ち上がることを諦め、膝立ちになって天を仰ぐ。

「変なことは考えないように。自分勝手な死は償いにはならないぞ」

「償う気なんてさらさらないさ……。俺は誇りと責任を持ってこの仕事をしてきた……。後悔やら反省なんてのは、逆に殺してきた奴らに対する侮辱《ぶじょく》だと思っている……」

今のグレゴーアからは魔力を感じない。他に武器を隠し持っている様子もない。

どこかに毒を隠し持っていて、それで自害を狙っているのか……？

「狭っ苦しい監獄の中で、ジリジリと死を待つのは趣味じゃない……。俺の死に方は……あの刀と出会った時から決めてあるんだ……！」

カタカタカタカタ——ロックが竜籠手《ガントレット》で挟み込んでいる刀が震える。

竜籠手《ガントレット》に挟まれた刀の震えはどんどん大きくなり、ロックの表情から余裕が消え始める。

「ク、クゥ……!?」

歯を食いしばって耐えるロック……！

だが、ついには刀がその手から抜け出し、ひとりでに宙を舞い始めた。

しかも、刀から感じる魔力はグレゴーアが手にしていた時よりもずっと大きい……！

妖刀——まさにこの言葉でしか表現出来ない光景だ。

「竜騎士ユート・ドライグ……覚えておけ。大切に大切に使い込んだ武器ってのは、最後の最後くらい持ち主の願いを聞いてくれるってことだ」

「まさか、あの刀で自分を……！」

何人もの命を共に奪ってきた愛刀が最後に奪うのは、自分の命ってことか……！

自分勝手で自己満足な行いだが、彼なりの美学をこの場ですぐに捨てさせる方法はない。

となると、あの刀を再び取り押さえるしか彼の自刃《じじん》を止めるすべはないのだが……それも不可能に思える。

刀は空中で勢いよく回転し始め、噴き出す魔力もどんどん増加している。

あれがそのままの勢いでグレゴーアのもとに飛んでいくと考えれば、その破壊力はさっきロックが受け止めた一撃の比ではない。

もうロックの竜角兜《ホーンヘルム》でも受け止められるかは怪しい。

竜牙剣なら砕けることはないだろうが、それを持つ俺の体が受け止める時の衝撃に耐えられるかはわからない……。

「あばよ。せいぜい頑張って、俺みたいな奴が必要ない真っ当な世の中を作ってくれや」

対応を決めかねている間に、宙を舞う刀がグレゴーアに向かい始めた。

こうなったら一か八か……竜牙剣の真の力を引き出して叩き落としてやる……！

竜牙剣の力だと思っていた紅色のオーラは、俺自身が持つ魔力から生み出された魔法だった。

つまり、竜牙剣本来の力はオーラとは別に存在する。

修業の最中、俺はその本来の力の片鱗《へんりん》を掴みはしたが……技としては未完成で、キルトさんに実戦での使用は控えるように言われた。

理解出来ない力、制御出来ない力……それは切り札でも隠し玉でもない——。

キルトさんの言葉が頭の中でリフレインする。

しかし、ロックの竜魔装《ドラゴアームド》で止められない以上、俺が出るしかない。

本人に償う気がなくったって、生きて裁かれ、それから罰を受けてもらわないと困る。

「土壇場《どたんば》でこの力を制御してみせる……！」

竜牙剣を抜き、飛来する刀とグレゴーアの間に割って入ろうとした、その時――。

「皆の者、下がりなさい！」

凛とした声が広場に響き渡った。

立っている者は誰もがその場から数歩下がる。

「この声は……」

俺も例外ではなく、その声に押されて数歩下がった。

そして、俺の代わりに刀とグレゴーアの間に割って入ったのは、全身を覆《おお》うマントと仮面で顔を隠した人物だった。

その人物の手には奇妙な剣が握られている。

真っ白と真っ黒が……刃の表面をうごめいているんだ。

それはまるで、いつまでも混ざり合わないコーヒーとミルクのようで……。

「せーのっ……ふんっ!!」

その人物は奇妙な剣を振り下ろし、グレゴーアの刀を叩き落とした！

まるでクワでも振るうかのような剣に合わない動きだったが、その威力と剣の強度はすさまじく、刀は地面に深々と刺さり動けなくなった。

2つの優れた武器の衝突は大きな衝撃を生み、遠巻きにして事態を眺めていた人々の中にもよろけて倒れる人が続出した。

さらに、衝撃を間近で受けた謎の人物のマントと仮面は吹っ飛び、その素顔があらわになる……。

「やはり、リィナだったか……！」

桃色の髪とあどけない顔の少女――。

白黒の奇妙な剣の持ち主は、ヘンゼル王国女王ラコリィナ・バーム・ヘンゼルだった！

彼女は自分の顔をペタペタと触り、仮面が吹っ飛んだことを確認すると心底困った顔で言った。

「あちゃ～……やっちゃった……」

サッと片手で目元だけを隠すが、流石にもう手遅れだった。

「えー、コホン！　サザンカ、その人を拘束して」

「了解しました」

リィナの側近であるサザンカさんも姿を現す。

緑なす黒髪にクラシカルなメイド服、肌に巻かれた包帯――王神器《レガリス》バンダージェム。

サザンカさんが来ているということは、やはり白黒の剣を持つ人物は本物のリィナなんだ。

「A級指名手配犯グレゴーア、女王の命により拘束します」

サザンカさんの持つ王神器《レガリス》バンダージェムは、意のままに動く伸縮自在の包帯のようなもので、その強度も非常に高い。

強い力を持った罪人を拘束するのに、これほど適したものはないだろう。

これでグレゴーアに気を配る必要はほぼなくなったが……。

「リィナ……どうしてここに？」

一番の疑問はこれだ。

俺から里帰りのことをリィナに話した時、彼女も同時期にアロサウス領を訪れるなんて話は一切出ていなかった。

俺にすら言えないようなお忍び旅行の理由は果たして……。

「理由は簡単よ、ユート。私たちは女王暗殺計画を事前に察知して、こちらに避難してきたの。王城には私の替え玉と十分な戦力を用意して、暗殺者たちを逆に一網《いちもう》打尽《だじん》にするつもりでね」

女王暗殺計画……やはり存在していたか。

今回のアーケナムによる領民の弾圧は、地方領主であるアーケナムが単独で行うにはあまりにも大それた行いだった。

同時期に王都で何か大きな事件……それこそ女王の身に何か起こるのではないかと思っていた。

「本当は里帰りをするユートと合流するためにピアザ村を目指してたんだけど、その道中に立ち寄ったこのイーザンでとんでもないことが起こってるのを知ってね……急いで向かってきたのよ」

「そうだったのか……！　リィナも父さんたちを助けるために動いてくれてたんだな」

今こうしてリィナがここにいるということは、女王暗殺計画が失敗に終わったということだ。

王城では暗殺者と騎士団の戦いが発生していると思うけど、そこに敵の一番の目的である女王はいない。

つまり、敵は最初から負けているも同然だ。

「とにかく、リィナが無事で良かった！　すごく心配だったけど、すぐに王都に戻るわけにもいかなくて……すまない」

「ユートが謝る必要なんてないよ。悪いのは……全部こいつなんでしょう？」

リィナが白黒の剣の切っ先をアーケナムに向ける。

相変わらず刃の表面で２つの色がせめぎ合うようにうごめいているが……あれ？

なんか黒の割合の方が多くなってないか……？

「あの領民に優しかったアロサウス伯爵の息子が、こんなロクでもない人間だったなんて……」

リィナが心底軽蔑《けいべつ》した目でアーケナムをにらむ。

当のアーケナムは切り札であったグレゴーアを拘束され、失意のどん底にいた。

「ああ……何がA級指名手配犯だよ……！　全然弱いじゃないか……ッ！　こんなところで僕の夢が終わる……？　そんなわけないよね……バラドラッ!?」

「はい、アーケナム様」

アーケナムが呼び寄せたのは、初老の執事風の男だった。

艶のある白髪に血色が良い肌……年齢の割に健康そうではあるが、戦力としてはグレゴーアの足元にも及ばないと見える。

だが、警戒するに越したことはない。

ここにサザンカさんがいる以上、とりあえず拘束してから話を進めればいいんだ。

「サザンカ、まとめて拘束しなさい！」

「仰せのままに！」

両手に巻きつけられたバンダージェムをアーケナムたちに向けて伸ばす。

敵を無傷で無力化することにおいて、この王神器《レガリス》の右に出る武器はない。

「聖潔《きよめ》なる白き帯……サザーランド家の者か。いつの時代も王の側近として生きながらえてきた寄生虫の一族が……！」

バラドラはスーツの懐から赤黒い頭蓋骨《ずがいこつ》……ドクロを取り出した。

ドクロの額には2本の角が生え、全体的な骨格も人間のそれとは違う。

「今こそカギを開き、我が覇道を進むべし……！」

ドクロの下部からカシュッと長い棒が伸び、その形状はステッキのようになった。

「インフェルズキー……！」

バラドラが赤黒いドクロのステッキを振り回すと、鮮血のような火炎が踊り、バンダージェムは炎に包まれた！

「くっ……！」

サザンカさんは燃えた部分を切り離し、何とか自分の体に炎が燃え移るのを防いだ。

王神器《レガリス》であるバンダージェムを燃やすとは……生半可な力ではない。

あのステッキのおかげか、それともバラドラ自体が相当の魔法使いなのか……。

「まさか、生きてるうちに王神器《レガリス》と王神器《レガリス》の戦いを拝めるとは……！」

自刃を阻まれ茫然自失していたグレゴーアが正気を取り戻し、嬉々として言った。

彼の言葉を信じるなら、バラドラが持っているドクロのステッキも王神器《レガリス》ということか!?

でも、王神器《レガリス》というのは貴族の中でも、一部の有力な家系にしか伝わっていないはず……。

「バックドラフ家……陰の時代の終焉《しゅうえん》と同時に、その醜悪な行いのツケが回って没落した貴族だ。同じような末路をたどった貴族は数あれど、王神器《レガリス》を持つほどの家系が落ちぶれた例はそう多くない。あの執事はそんな珍しい奴らの末裔《まつえい》だ」

口を塞がれていないグレゴーアはよくしゃべる。

彼の言葉の真偽は、バラドラの反応を見ればよくわかる。

「グレゴーア……負け犬がよくしゃべる！　そこまで私のことを嗅ぎ回っていたとは……！」

「普段から依頼主のことはよく嗅ぎ回る犬でな。特に今回は長い付き合いになりそうだったから、入念に嗅がせてもらった。そこのボンボンに幼い頃から陰の時代の歴史を刷り込んだのはあんただし、俺みたいな犯罪者を戦力として集めることを提案したのもあんただってことは知ってるぜ」

グレゴーアの言葉が本当なら、今回の事件の首謀者は実質的にバラドラということになる。

そもそもアーケナムからは悪意を感じなかった。

純粋にやりたいことをやっているだけで、それをなぜやってはいけないのか教えられないまま大人になったような印象を受けた。

そうなるように仕向けたのがバラドラだとしたら、本気で陰の時代とやらの復活を目指しているのもバラドラということになる……！

「なぜそこまでしてロクでもない時代に戻りたいんだ！」

俺がそう問い掛けると、バラドラは心底つまらなそうな顔をして答えた。

「誰が……陰の時代に戻りたがってるって？」

「え……？」

「過去に憧れてるのはそこの白豚だけだ。先代国王が倒れ、来るべき混沌の時代に適応出来るような指導者に育てようとしたが、そう上手くはいかなかったなぁ。元の素材が悪いのかもしれん」

バラドラはアーケナムを指さして「白豚」と言った。

これがバラドラの本性というわけか……！

「私が見ているのはあくまでも今！　そしてこれからのことだ！　この伯爵家には自らの夢を叶えるため、執事として取り入っていたに過ぎん！」

「そ、そんな……！　嘘だよね、バラドラ……！」

信頼していたであろう執事の本性にアーケナムはうろたえる。

だが、同情は出来ないな。

「それでお前の夢とは何だ」

「まあ、竜騎士ほどの実力者ならば、話してやらんことはない。私の夢は……！」

「ふんっ！　どうせ没落したバックドラフ家の再興だろうよ！」

ユートとバラドラの会話に割って入ったのはグレゴーアだ。

「先代国王のガキどもがクズ揃いってのは、裏社会でも有名な話だった。だから、そのガキの誰かが王権を手にすれば混沌の時代がやって来る。それに備えて、各地の有力貴族は私兵の強化に取り組んでいた。お前がそこの白豚にさせたのと同じようにな」

「ふむ……続けたまえ」

「混沌の時代がやって来れば戦争が日常になる。そうなったら、領地の略奪なんて軽犯罪にすらならん。強化した戦力で周囲の領地をかすめ取ってアロサウス伯爵家の権力を強め、十分に強まったところで白豚を裏切って自分が取って代わる。バックドラフの名を掲げて……な」

「要するにアーケナムを育てて操り、アロサウス家が大きくなったところで乗っ取る……そういう解答でよろしいのかな？　その解答ならば……60点！」

「何っ……!?」

グレゴーアは解答に自信があったようで、満点じゃなかったことに驚いている。

「どこが間違っているというんだ！」

「そもそも解答にたどり着いていないのだよ。途中式だけで6割も点をやったことを感謝してほしいくらいだ」

「トチュウシキ……だと？　何だ、それは!?」

「つまりはアロサウス家を乗っ取るところまでは正解。バックドラフ家の名を掲げることも正解。でも、それが最終目的じゃない……」

　グレゴーアには数学の知識がなさそうなので、再び俺がバラドラと会話する。

「ならば、どう答える？　竜騎士ユート・ドライグ」

　問い掛けられたところで、バラドラが何を考えているかなんてわからない。

　だが、これだけもったいぶられると答えは気になる。

　しばらく考えていると、バラドラは深いため息を漏らした。

「野心を胸に都会へ出て、今まさに名声を高めている君ならば、私の夢を即座に理解してくれるものと思っていたのに……残念だ」

「それならそれで、いい加減答えを言ったらどうなんだ？」

「はぁ……嘆かわしい。どうして軟弱者《なんじゃくもの》の発想はいつも過去を取り戻すことばかりなのだろう……。やれ陰の時代の復活、やれ自らの家の再興……くだらん！　いいか！　私の夢は王家を滅ぼし、この国の王になること！　そして、いずれは他国も滅ぼし、私が世界の王になることだ！」

「……はぁ？」

その場にいる誰もが「はぁ？」と思ったことだろう。

ロックも「クゥ？」と首をひねり、普段は見られない相手を軽蔑するような顔をしている。

まさか、本気で世界征服を夢見ているのか……!?

「権力をこの手に取り戻すなら、なぜ貴族で満足する必要がある!? 貴族の上には王族がいる。王族の方が偉い。つまり、貴族は二番手！ 王族になれなかった敗北者だ！ 男に生まれたからには二番で満足しない！ 私は一番を……王の座を取りに行く！」

王国で一番偉いのは王様だ。そんなことは物心ついたばかりの子どもでも知っている。

そして、王様になりたいとか、世界征服したいとか、子どもならば口にすることもあるだろう。

それをこの男は……堂々と現女王の前で言い放った。冗談ではなさそうだな……！

だが、それがバラドラの動機ならば、得体の知れないギロチン愛好家よりは戦いやすい。

正面から力でぶっ潰せば、夢を諦めて降参する可能性もある。

「アロサウス家に取り入ったのは、乗っ取ることで2番手の貴族まではとりあえずクリア出来ると思ったから！ そして、バックドラフの名を再び名乗るのは……単純にそれが私の本名だからだ！ 真の強者は偽名を名乗ってコソコソしたりはしないだけだ！」

あほくさい演説も聞き飽《あ》きてきた。後ろ手に合図を送り、フゥに狙撃の指示を出す。

世界征服を夢見る男だ。多少捕縛の手段が手荒になっても構わない。

パァン！ パァン！ 即座に乾いた発砲音が広場に響く。

時計塔のフゥが放った弾丸は、正確にバラドラの頭部を捉えていた。

しかし、バラドラまであと数十センチのところで、氷の弾丸は跡形もなく蒸発《じょうはつ》してしまった。

「私の知らない武器だ。新しい……！　きっと日夜研究開発をしているのだろう。より良い未来を目指す姿勢を私は評価する」

バラドラの王神器《レガリス》インフェルズキーは火炎を操る武器。氷を扱うフゥとの相性は最悪だ。

しかも、あの王神器《レガリス》は攻撃を自動で防御した。

大それたことを言うだけあって、自分の武器を相当使いこなしているな……！

「ユート！　見ての通りだ！　私の支援は期待するなよ！」

「わかった！　ありがとう、フゥ！」

時計塔の上から響く大声に応えつつ、バラドラの倒し方を考える。

飛び道具に対する自動防御がある以上、接近して拳を叩き込むのが最適解か。

「さて、君は私の夢を阻む大きな壁だ。C級冒険者という誤った評価を真に受けて油断はしない。君よりも弱いA級冒険者や指名手配犯なんていくらでもいる」

「評価してもらえるのは嬉しいさ。相手がどうしようもない悪党だろうと」

「いや、私が悪党かどうかはこれから決まる。王になれば私は悪党ではなく革命家だ。歴史というのは勝者が作る……ふふっ、自分で言うと少々陳腐《ちんぷ》ですな」

バラドラがインフェルズキーを体の正面に構える。

「最善策でいく。　王神器真魂《レガ・リ・アルマ》——」

攻撃ではない……！　バラドラが持つインフェルズキーが変形していく！

まるで何本もの人骨を組み合わせたような禍々《まがまが》しい大杖が、瞬《またた》く間に現れた……！

「王神器使い《レガリス》を相手にしているにもかかわらず、この展開を無警戒だったと見える。そこのサザーランド家の馬鹿娘は歴史の勉強をサボっているな。長い歴史を持つサザーランド家なら、何人かは王神器真魂《レガ・リ・アルマ》を会得《えとく》するに至った使い手もいたはず……」

「くっ……！」

サザンカさんは図星を突かれたようで顔をしかめている。

「過去に囚われるのは軟弱者だが、過去に学ばないのは愚か者だ」

「言わせておけばっ！」

サザンカさんはバンダージェムを伸ばす。だが、即座に先端から燃え始めて伸び切らない。

「動くな。動けばこの街の住人を一気に焼き殺す。それが出来る！」

「何だと……！」

「ユート・ドライグ……君が正義感の強い人間だということは、ご両親を見ていてもわかる。ゆえに人質を取るということが、君を無力化する最善策なのだ」

ハッタリじゃない……。

禍々しい魔力を放つあの杖なら、街全体を火の海にすることも無理ではないとわかる。

「この状態のインフェルズキーで離れた場所の人間を焼き殺す訓練は重ねている。突撃してくるのはやめた方がいい」

そう言われておとなしく殺されるわけにも、殺させるわけにもいかない。

キルトさんなら炎から街の人々を守りながら余裕でバラドドラを倒せるだろう。

シウルさんの紫電も炎が広がるより速くバラドドラに届くかもしれない。

だが、俺の竜魔法《ドラゴスペル》はどちらにも及ばない。可能性は竜牙剣……勝負は一瞬だ。

「そうだ、おとなしくしていろ。最初に殺すのは君ではない。私が一番に殺すべきは……お前だ！　現国王ラコリィナ・バーム・ヘンゼル！」

その行動は読めていた！　バラドドラが炎を出す前に、一振りで刃を届かせれば……！

「者ども、控えよ――」

低い女の声が聞こえた瞬間、全身にかかる重力が何倍にもなったかのように体が重くなる。

バラドドラに至っては、攻撃前の姿勢のままで固まっている……？

「な、何が起こった……!?　なぜ炎が出ない……!?」

バラドドラは混乱しているが、俺も混乱している。

体の動きどころか、魔法の発動まで封じるほどの存在がどこに……。

「くだらない言葉ばかりを吐く口はそれか――」

「き、貴様がやったのか……!?　ラコリィナ・バーム・ヘンゼル！」

そうだ、リィナだ。今までに聞いたことがないような低い声を発し、バラドラを止めたのは。

今、リィナが持っている白黒の剣から白い部分が消え、黒だけが刃の表面でうごめいている。

やがて、あふれるように刃からどす黒い液体のようなものが流れ出し、それはじわりじわりとバラドラの方へと広がっていく。

「まさか、その剣はレプリカではなく本物……!?　お前のような、どこの馬の骨とも知れぬ女から生まれた娘に……王国の秘宝の力が使えるだと……!?」

「聞くに堪《た》えぬ。その口、塞いでしまおうぞ――」

バラドラの足元に到達した黒い液体が、彼の体を駆け上っていく。

そして、抵抗するバラドラの口に無理やり侵入しようとする。

「むっ、むぐぐぐぐぅ…………ッ!!」

「ほれほれ、頑張って閉じておかねば入り込まれるぞ――」

いつものリィナじゃない……。そんなのは誰の目にも明らかだ。

そして、彼女をこんな風にしてしまった原因が、あの謎の剣にあることも明白。

放っておけばリィナはこのままバラドラを遊び感覚で殺しかねない。

誰かがリィナの暴走を止めなければならない……！

だが、あの剣から放たれる重圧は、この場にいる全員の体をすくませる。

俺も、ロックも、サザンカさんも……動けない。

バラドラは子どもみたいな夢のために平気で人を殺せるド悪党だ。

女王が直々に裁きを下し、その命を絶ったとしても……おかしいと思う人は少ないだろう。

だが、俺はこんなやり方を認めるわけにはいかない。

リィナがこれからヘンゼル王国の善《よ》き女王となるためには……！

パァン、パァン、パァン――――！

マギアスナイパーライフルの発砲音が連続して聞こえた。

離れたところにいるフゥには、剣から放たれる重圧の影響が少なかったんだ！

氷の弾丸の狙いはリィナの剣――しかし弾丸は剣に当たる前に消滅した。

「こっちも武器が自動で防御を!?　便利過ぎるな……！」

それでもフゥは攻撃の手を緩めない。

剣に攻撃が届かないと悟ると、次は弾丸をリィナの体に向けて放つ。

この状況で動けるのは自分だけだから、たとえ女王の体を攻撃してでも暴走を止める――フゥのそんな強い決意を感じる。

その決意とは裏腹に、リィナへ放った弾丸はすべて形を失いやはり消滅してしまう。

「フゥにだけ重荷を背負わせるわけにはいかないよな……ロック！」

「クゥウウ……ッ！」

体は動かなくても、体内で魔力を巡らせることは出来る。

血液の流れに沿って体の末端にまで魔力を流し、全身に魔力を循環《じゅんかん》させる……！

すると、重圧の中でも腕くらいは動かせるようになった。

腰に下げた竜牙剣の柄《つか》を握りしめ、祈るようにつぶやく。

「少しだけでいい……お前の力を貸してくれ」

竜牙剣の柄を握った左手から流れ込む激しい力。

それを受け止め、体の中で自分の魔力に変換する。

鼓動《こどう》がどんどん速くなり、体に力がみなぎっていく……！

「よし……もう歩ける！」

ズカズカと大股でリィナに歩み寄る。

彼女の周りに広がる黒い液体を踏みつけても、俺の体に上ってくることはない。

今はまだ彼女の中に理性が残っていて、傷つける相手を選んでいるということだろう。

だが、このまま剣からあふれ出る黒い力に身を任せていれば、傷つけていい相手の範囲が際限なく広がっていき……最後にはすべてが敵になるだろう。

そんな独裁者の末路をたどる気がしてならないんだ。

だから、ヘンゼル王国の国民として、リィナの家族として……俺が止める。

「目を覚ませ、リィナ！」

俺は紅色のオーラをまとわせた右手で、とめどなく黒い液体を生み出す刃に掴みかかった！

「うっ……！　何だ、この感覚⁉」

黒い刃に触れたところから……俺のオーラが消滅していく！

消し飛ばされているというよりは、力が食われていくような……！

だがしかし、左手に掴む竜牙剣からオーラを引き出して、右手を守れば問題なし。

俺の魔力が尽きるまでは、リィナの剣の力を抑えることが出来る！

「ユート、どうして邪魔をする――？」

顔を見なければリィナと判別出来ないくらい低く冷たい声だ。

一瞬たじろいでしまったが、すぐに大きな声で言い返す。

「リィナ、この剣を下ろすんだ！　敵はすでに無力化している！」

すでに全身を黒い液体に覆われたバラドラは、何とか逃れようともがき続けた結果、王神器《レガリス》を手離している。

インフェルズスキーの形状も元のステッキに戻っている。

もうバラドラに脅威となるほどの戦闘能力はない。

「まだ終わっていない。反乱分子をすべて殺すまでは――」

「リィナ、そのやり方は間違ってる！　ここで見せしめのように苦しめて殺す必要はない！」

「どうして⁉　ユートはあいつらが憎くないの⁉　お父さんとお母さんが殺されるところだったんだよ⁉　ユートにとっては血のつながった本当の親なのに！」

冷酷な声から一変、リィナの声は感情的なものになる。

この精神の不安定さも謎の剣のせいなのか……⁉

「もちろん憎いさ！　最初は俺にも殺意があったことは否定しない！　でも、リィナはこんなやり方を選んじゃいけないんだ！」

「どうして⁉」

「今のリィナは法による秩序を重んじるヘンゼル王国の女王だ。この国で一番偉いのはリィナだけど、だからといって憎い相手の命をもてあそんで殺していいわけじゃない。王が秩序を軽んじた時、この国は再び陰に覆われる」

「くっ……！　でも、それでも私は……！」

「田舎の村娘のままだったら、直情的な復讐も理解されたかもしれない。でも、その生活を捨てて玉座に座ることを選んだ。他の王位継承者の死によって、偶然転がり込んできた話だとしても……その道を選んだのは自分だろう？　リィナ……いや、ラコリィナ・バーム・ヘンゼル！」

「………あ！」

黒く濁《にご》っていたリィナの瞳に、一筋の光が差し込む。

同時に黒い液体の動きもわずかに鈍くなる。

「今、国民が誰を恐れているのか……わかるかい？」

「……私……だよね」

怒りに支配され、黒い力を暴走させるリィナを、街の人々は怯え切った目で見つめていた。

この場でバラドラとアーケナムを惨《むご》たらしく殺しても、得られるものは何もないどころか、イーザンの街の人々は二度とリィナに心を許すことはないだろう。

「この剣のことはよくわからないけど、とにかくバラドラへの攻撃をやめて鞘《さや》に収めるんだ」

「わ、わかってるんだけど……体が言うことを聞かないの……！」

「えっ!?」

リィナは未だに剣の切っ先をバラドラに向けたままだ。

何とか剣を下ろさせようと、刃を掴む手にグッと力を込める。

「……くっ！　びくともしない！」

リィナの細腕ではあり得ない力が、剣を下ろさせまいと拒んでいる。

黒い液体も依然としてあふれ続け、バラドラの抵抗が徐々に弱まっていく……。

刃を掴む右手のオーラを出し続けるのも、俺の体への負担が大きい。

こうなったら黒い剣に竜牙剣を直接ぶつけて、リィナの手から叩き落とすしかない！

「まずは刃から手を離して……あっ！　俺の手も離れないっ！」

オーラで守っているにもかかわらず、右手が刃から離れない。

強い力でオーラごと吸いつけられているようだ！

このままじゃ、俺もいずれ右手を黒い剣に食われて……。

「クゥッ！　クゥッ！」

その時、ロックが俺の右肩に乗っかってきた。

「危ないぞ、ロック！　お前まで巻き込まれたら……！」

「クウウウウウーーーーーッ!!」

ロックが叫ぶと、俺の右手の従魔紋が金色に輝く。

そして、その光は――俺の右手を守る鎧となった!?

「これはまさか……ロックが使っていた竜籠手《ガントレット》を俺の腕に装備させたのか!?」

「クゥッ！」

形状はロックのものと違い、人間の手に合わせてちゃんと5本の指がある。

敵を切り裂く長い爪は存在しないが、その代わりロックが装備していた時よりも重厚感が増して、防御力が上がっている。

そして何より、この竜籠手《ガントレット》を付けた状態なら黒い剣の影響をまったく受けない！

俺の体にかかる負担も軽減されている！

「ありがとう、ロック！　これなら負ける気がしない！」

竜籠手《ガントレット》を着けた右手を黒い刃から離し……拳を強く握る。

「いい加減……言うことを聞けッ!!」

俺は黒い剣に拳を振り下ろした！

ガツンッと重い音を立て、リィナの手から叩き落とされた黒い剣はカランカラン……と力なく地面を転がった。

同時にあふれ出ていた黒い液体が剣へと集まっていき、刃に吸収されるようにして消えた。

「ガ……ハ……ッ！　ゲホッ……ゲホッ……！　あ、あああ……」

バラドラは黒い液体が肺の中に入り込む寸前だったようだ。

怯え切った目で膝から崩れ落ち、全身をぶるぶると震わせている。

もはや戦う気力がないどころか、心が完全に折られてしまったように見える。

まあ、あの黒い液体にしばらく全身を覆われていたんだ……。

その恐怖がどれほどのものか……俺には想像も出来ない。

「リィナ、大丈夫か!?」

個人的な感情を優先するなら、バラドラよりリィナの方が心配だった。

あれほどの力を行使するには、相応の代償がいると思ったからだ。

しかし、リィナは息を荒くすることもなく、魔力を使い過ぎてふらつく様子もない。

「うん……私は大丈夫だよ。でも……みんな、ごめんなさい！」

うつむいて涙を流すリィナ。

彼女を慰めるには、知らないといけないことが多過ぎる……。

この街にいた詳細な理由。そして、今はまた白黒に戻っている謎の剣のことだ。

「リィナ、とにかく今は心を落ち着けて……」

「魔聖剣《ませいけん》シュガーナイトメアだッ！」

縛られたままのグレゴーアが叫ぶ。

彼はサザンカさんに守られていたからか、黒い液体に襲われていなかったようだ。

「ユート・ドライグ……お前が知りたいのはその剣のことだろ？　その女が泣き止むのなんて待たずに、俺の話を聞くんだな！」

「あんたはこの剣のことを知ってるってことか？」

「むしろ、お前は何も知らないのか？　そっちの方が驚きだ。ヘンゼル国民として不勉強だぜ」

ほんの数分前、俺を殺そうとしていた人間にそう言われるとイラッとくる。

しかし、俺があの剣のことを知らないのは事実で、グレゴーアが武器に詳しそうなのも事実。

とにかくもっと情報を得ないと、俺の心も落ち着かない……。

「……この剣のこと、聞かせてくれ」

俺の返事にグレゴーアは目を丸くする。

まさか、あんな挑発を受けて素直に質問してくるとは思わなかったのだろう。

「ほう……知識はなくとも器はデカいようだな。ならば、こっちもすべて話そうじゃないか。俺は王家の人間じゃないから、あくまで伝承の話ではあるがな」

「伝承の話……？」

「まず、その剣の名はシュガーナイトメア。ヘンゼル王国の国宝だ。初代国王がヘンゼルの建国を宣言した時には、すでにその剣を所持していたという話だ。誰が作ったのか、いつから存在するのか、初代国王はどのように手に入れたのか……すべては不明だ」

　出自不明の国宝か……。

　まあ、初代国王なんて気が遠くなるほど昔の人だから、剣の情報が時の流れの中で抜け落ちていったんだろう。

「シュガーナイトメアは代々国王が受け継ぎ、重要な儀式や式典の際には国王が帯剣する。しかし、実際に使われるのはレプリカらしい。それにただ鞘に収めて持ち歩くだけで、その刃を衆目に晒すことはない。今のお前なら……その理由が嫌というほどわかるだろう？」

「ああ……まあね」

　意志を持ったように刃の表面をうごめく白と黒……。

　あんなもの、そうそう公衆の面前には晒せないだろうな。

「その力はまさにヘンゼル王家の宿命そのもの。名君と暴君——2つの面が交互に現れる傾向にある王家と同じく、輝《ひかり》と陰《かげ》の二面性がシュガーナイトメアにもある」

「ゆえに魔聖剣……か」

「その通り！　持ち主の心を刃に映し出し、明るい感情を持てば白く輝き、暗い感情に支配されれば黒く染まる。簡単に魔剣と聖剣の間を行ったり来たりするのさ」

「あの時のリィナは両親に仇《あだ》なす者たちを前にして、暗い感情に支配されてしまった……と」

「その通りだ。怒りや憎しみは暗い感情に分類される。まあ、親の命が脅《おびや》かされれば当然の反応だな。しかも、悪いことにシュガーナイトメアは感情を増幅させる力を持っている。そして、感情が高ぶれば高ぶるほど力を増し……他の力を圧倒するほどになる」

　だから、俺たちの体は動かなくなり、バラドラの王神器《レガリス》も機能不全に陥ったのか。

「暴走したシュガーナイトメアに立ち向かえるのは、人を超えた力を持つ者くらいだろう。ドラゴンの力を行使するお前たちだからこそ、今回の暴走を止められたというわけだ」

　ドラゴンの力――今回はいつも以上にロックに助けられたもんな。

「ここまで話せば、この国に暴君が生まれやすい理由も見えてくるだろう。ヘンゼル王家に受け継がれる資質だけが理由じゃない。暴虐性を助長する武器が、建国当初から王の手にあったのさ」

「ただでさえ疑心暗鬼になりやすい王という立場に、感情を煽《あお》る剣……しかも、弱者を抑えつけるだけの圧倒的な力を発揮させる……」

「それで名君と暴君が半々で済んでるんだから、むしろヘンゼル王家ってのはかなり人間が出来てる一族なのかもなぁ」

　リィナの父――先代の国王は名君だった。

　歳を取ってから周囲に隠してリィナを産ませているのは置いといて、彼が王だった期間は他国との大きな衝突もなく、内乱もなく、アーケナムのようにおかしな政策も打ち出さなかった。

大っぴらに称賛され、崇拝《すうはい》されるような人物ではなかったが、世界に満ちる空気のように、誰からも感謝されなくとも当たり前のように国を支えた人物だったんだ。

しかし、現女王のリィナはヘンゼル王家の激しい気性を確実に受け継いでいる。

村で穏やかに暮らしていた時には見たことがない、暗くて冷たいまなざしを俺は見てしまった。

親を狙われるという、誰しもが憤怒するであろう状況だからこそ、あんなことになっただけと思いたいが……。

「陰の時代は国民を支配する能力を持つ王が続いたわけじゃなく、単純に王の力に対抗出来る才能を持った人物がしばらく現れなかっただけという説もある。俺は貴族から暗殺依頼を受けることも多かったんで、そいつらが持つ歴史書をこっそり盗み見出来る機会があった。王国の歴史に関しては、そこらの学者より知恵をつけてるつもりだ」

「半端な力ではシュガーナイトメアに対抗出来ない。さらに王神器《レガリス》を持つ側近も多い……。これを打ち倒すには、確かに人を超えた力が必要になるか」

「どの時代にも天才は生まれるが、それが頭角を現すかどうかは運次第だからな。まあ何にせよ、白豚坊ちゃんが抱いていた陰の時代の復活は今の世代じゃ不可能だ。王国騎士団はちょっと腑抜けてるが、現代の冒険者の中には天才がゴロゴロいやがる」

「じゃあ、お前はわざわざ不可能だと思ってる野望に加担したのか？」

「加担したというか、変わる時代に備えて身を固めただけだな。アーケナムはどっかの勢力が勝手にやってる女王暗殺計画に便乗する形で動いた。それが成功すれば王国から王が失われ、混沌した時代がやって来る。それはさながら陰の時代に近い姿をしているかもしれない」

そこまでの流れは理解出来る。俺はうなずきながらグレゴーアの話を聞いた。

「混乱の最中で地方領主が独立し、小さな国がいくつも生まれ、争いが絶えない世の中になる。俺はそんな世界で各地を放浪して暗殺者をやるより、どこかの勢力に所属した方が食いっぱぐれないと思っただけさ」

「本当に仕事で人を殺してるんだな……」

「趣味で殺すほどおかしな人間じゃないぜ。仕事の中に楽しみを見出してはいるがな。お前たちは魔獣の討伐を依頼され、様々な困難を乗り越えて撃破することで成長を実感する。そして、最終的に報酬を貰って喜ぶ。それと変わらない。誰かに必要とされる仕事であるという点もな」

他でもないこの国の王族たちが暗殺者を雇って殺し合いをしたのだから、綺麗事を並べて反論することは出来ない。

彼もまた誰かに必要とされる人間なんだ。とはいえ、彼が無罪放免になることはない。

大事な妖刀と別れ、牢獄に入ることも避けられない。

「……ありがとう、お前の話のおかげで少し頭の中が落ち着いたよ」

話は大変参考になったので、礼は言っておく。

こういうところも、お前たちが殺そうとした両親から教わった礼儀なんだ。

「俺も無駄に溜め込んだ知識をひけらかすことが出来て良かったぜ。こうやって話すのも最後になるだろうから言っておくが、俺はお前を天才のカテゴリーに入れた。せいぜい自分がこれからの時代を創る存在だと自覚して、この広過ぎる世界を生きるんだな！」

グレゴーアは心底楽しそうに笑った。

それを見て俺もつられて笑顔になる……なんてことはなかったが、これから先の人生で彼の言葉を思い出す機会がきっとあるんだろうなと、心のどこかで思っていた。

「あの、ユート……」

頭の中でグレゴーアから得た情報を整理していると、リィナが俺の服の袖を引っ張ってきた。

「さっきは取り乱してごめんね。もう落ち着いたから、私の話も聞いてほしいな……なんて」

「あっ……ごめん！　ほったらかしで別の話に熱中しちゃって……！」

男2人で謎多き魔聖剣について語らう姿は、リィナに疎外感《そがいかん》を与えてしまったようだ。

俺は気持ちを改めて、真正面からリィナに向き合う。

「聞かせてくれるかな、女王暗殺計画やこの街にやって来た経緯を！」

「うん！　ちゃんと私の口から話すね……！」

泣いたことで目元を赤くしたリィナが、王城から逃れてイーザンまでやって来た流れを語り出す。

第6章　女王暗殺計画の真実

時はさかのぼり、ドライグ夫妻処刑の前日——。

もうじき日付が変わろうかという深夜、王城には60名もの侵入者がいた。

彼らの目的は王城の寝室で眠りにつく女王、ラコリィナ・バーム・ヘンゼルの暗殺である。

ただし、実際に手を下す大役を任されたのはたったの1名——その者の名はムグルス。

彼はこの大所帯の侵入者の中で、最も腕が立つ猛者《もさ》だった。

大役を任されるのは当然だと思うほどに、彼自身も自分の実力に自信を持っていた。

（これが王城の警備か？　あまりにもザル……罠を疑いたくなるほどにな……！）

そう心の中でつぶやきつつも、本当は罠など疑っていない。

今、王国騎士団は女王派とその他の派閥で割れている。

王国騎士団に生まれた分断は、組織としての機能を低下させるには十分過ぎる要因だった。

罠だから警備がザルなのではなく、ただただロクな警備が出来ないだけ——ムグルスはそう結論付けた。

その証拠と言わんばかりに、彼は目立つ王城の外壁を登って女王の寝室を目指している。

(肌寒い夜だからなぁ。城外の警備をほっぽり出して、詰所で酒でも飲んでんだろうな……。もうすぐ、自分たちが皆殺しにされるとも知らずに……ッ!)

大人数で奇襲をかけ、腑抜けた騎士たちを一掃するため別ルートで王城内に侵入している。

ムグルス以外の59名の侵入者の目的は、王国騎士団の殲滅《せんめつ》だ。

(あっちの奴らが先に見つかると、俺の仕事が面倒になる。さっさと終わらせないとな……)

ムグルスがまとう黒の装束《しょうぞく》は、彼の姿を夜の闇に溶け込ませる……。

王城の上層にまで登ってきた彼は、そーっと窓を覗き込んで侵入する部屋を確認する。

(天蓋《てんがい》付きのデカいベッド……。ここで間違いないな)

部屋の中は薄暗く、ベッドは確認出来ても天蓋から垂れ下がったカーテンの向こうの人物は確認出来ない。

だが、位置的にもここが女王の寝室であることは間違いない。

城内の部屋の割り当ては、他でもない城の内部にいる者からもたらされた情報だ。

(情報通り、窓ははめ殺しではなく両開きだ。流石にカギはかけているようだが……)

ムグルスは手のひらを窓の中央に当て、水魔法を発動。

じわりじわりと生成される水は、窓のわずかな隙間を通って室内へと流れていく。

そうして一定量の水が室内に入ると、水は意思を持った触手のように動き出し、内側から窓のカ

実は最強系

アイディア次第で大活躍！

追い出された万能職に新しい人生が始まりました

東堂大稀　既刊8巻

万能職とは名ばかりで"雑用係"だったロアは「お前、クビな」の一言で勇者パーティーから追放される…生産職として生きることを決意するが、実は自覚以上の魔法薬づくりの才能があり…!?

落ちこぼれ[☆1]魔法使いは、今日も無意識にチートを使う

右薙光介　既刊9巻

最低ランクのアルカナ☆1を授かったことで将来を絶たれた少年が、独自の魔法技術を頼りに冒険者としてのし上がる！

定価：各1320円⑩

召喚・トリップ系

いずれ最強の錬金術師？

小狐丸　既刊15巻

異世界召喚に巻き込まれたタクミ。不憫すぎる…と女神から生産系スキルをもらえることに!!地味な生産職と思っていたら、可能性を秘めた最強(?)の錬金術スキルだった!!

余りモノ異世界人の自由生活

藤森フクロウ　既刊6巻

シンは転移した先がヤバイ国家と早々に判断し、国外脱出を敢行。他国の山村でスローライフを満喫していたが、ある貴人と出会い生活に変化が!?

定価：各1320円⑩

異世界ゆるり紀行 ～子育てしながら冒険者します～

水無月静琉　既刊15巻

TVアニメ制作決定!!

神様のミスによって命を落とし、転生した茅野巧。様々なスキルを授かり異世界に送られると、そこは魔物が蠢く危険な森の中だった。タクミはその森で双子と思しき幼い男女の子供を発見し、アレン、エレナと名づけて保護する。格闘術で魔物を楽々倒す二人に驚きながらも、街に辿り着いたタクミは生計を立てるために冒険者ギルドに登録。アレンとエレナの成長を見守りながらの、のんびり冒険者生活がスタートする!

定価：各1320円⑩

転生系

不死王はスローライフを希望します

小狐丸　既刊5巻

平凡な男は気がつくと異世界で最底辺の魔物・ゴーストになっていた!? 成長し、最強種・バンパイアになった男が目指すは自給自足のスローライフ！

素材採取家の異世界旅行記

木乃子増緒　既刊14巻

転生先でチート能力を付与されたタケルは、その力を使い、優秀な「素材採取家」として身を立てていた。しかしある出来事をきっかけに、彼の運命は思わぬ方向へと動き出す――

定価：各1320円⑩

定価：各1320円⑩

とあるおっさんのVRMMO活動記

椎名ほわほわ　既刊29巻

TVアニメ 2023年10月放送!!

超自由度を誇る新型VRMMO「ワンモア・フリーライフ・オンライン」の世界にログインした、フツーのゲーム好き会社員・田中大地。モンスター退治に全力で挑むもよし、気ままに冒険するもよしのその世界で彼が選んだのは、使えないと評判のスキルを究める地味プレイだった!　やたらと手間のかかるポーションを作ったり、無駄に美味しい料理を開発したり、時にはお手製のトンデモ武器でモンスター狩りを楽しんだり——冴えないおっさん、VRMMOファンタジーで今日も我が道を行く!

THE NEW GATE

風波しのぎ　既刊22巻

TVアニメ制作決定!!

オンラインゲーム「THE NEW GATE」多くのプレイヤーで賑わっていた仮想空間は突如姿を変え、人々をゲーム世界に閉じ込め苦しめていた。現状を打破すべく、最強プレイヤーである一人の青年—シンが立ち上がった。死闘の末、シンは世界最大の敵<オリジン>を倒す。アナウンスがゲームクリアとプレイヤーの解放を伝え、人々がログアウトしていく中、シンも見慣れた世界に別れを告げようとしていた。しかしその刹那、突如新たな扉が開く——光に包まれたシンの前に広がったのは……ゲームクリアから500年後の「THE NEW GATE」の世界だった!

定価：各1320円⑩

ゲート0 -zero-

自衛隊　銀座にて、斯く戦えり

柳内たくみ　**既刊2巻**

大ヒット異世界×自衛隊ファンタジー新章開幕！

20XX年、8月某日——東京銀座に突如『門（ゲート）』が現れた。中からなだれ込んできたのは、醜悪な怪異の群れ、そして剣や弓を携えた謎の軍勢。彼らは奇声と雄叫びを上げながら人々を殺戮しはじめ、銀座はたちまち血の海と化してしまう。 この事態に、政府も警察もマスコミも、誰もがなすすべもなく混乱するばかりだった。ただ、一人を除いて——これは、たまたま現場に居合わせたオタク自衛官が、たまたま人々を救い出し、たまたま英雄になっちゃうまでを描いた、7日間の壮絶な物語。

各1870円⑩

:Monster

児狐

章：**既刊9巻＋外伝2巻**

：**既刊3巻**

アニメ制作決定!!

に刺され、目覚めると最弱ゴ
生していたゴブ朗。喰えば喰
る【吸喰能力】で異常な進
っという間にゴブリン・コ
ップに君臨——さまざま
する弱肉強食の異世界
下や仲間達とともに壮絶
バルが始まる！

定価：各1320円⑩

月が導く異世界道中

あずみ圭　**既刊19巻＋外伝1巻**

***TVアニメ2期
2024年1月放送開始!!***

薄幸系男子の 異世界成り上がりファンタジー！ 平凡な高校生だった深澄真は、両親の都合により問答無用で異世界へと召喚され た。しかもその世界の女神に「顔が不細工」と罵られ、最果ての荒野に飛ばされてしまう。人の温もりを求め荒野を彷徨う真だが、出会うのはなぜか人外ばかり。ようやく仲間にした美女達も、元竜と元蜘蛛という変態＆おバカスペック……とことん不運、されどチートな真の異世界珍道中が始まった——!!

定価：各1320円⑩

強くてニューサーガ

阿部正行　**既刊10巻**

TVアニメ制作決定!!

激戦の末、魔法剣士カイルはついに魔王討伐を果たした…と思いきや、目覚めたところはなんと既に滅んだはずの故郷。そこでカイルは、永遠に失ったはずの家族、友人、そして愛する人達と再会する——人類滅亡の悲劇を繰り返さないために、前世の記憶、実力を備えたカイルが、仲間達と共に世界を救う2周目の冒険を始める！

定価：各1320円⑩

追放された【助言士】のギルド経営

柊彼方

既刊2巻

ロイドは最強ギルドから用済み扱いされ、追放される…失意の際に出会った冒険者のエリスがギルドを創ろうと申し出てくるが、彼女は明らかに才能のない低級魔術師…だが、初級魔法を極めし者だった——!? 底辺弱小ギルドが頂に至る物語が、始まる!!

続々刊行中! 話題の新シリーズ

転生・トリップ・平行世界…
様々な世界で主人公たちが
大活躍する新シリーズ!

この面白さを見逃すな!

【創造魔法】を覚えて、万能で最強になりました。

久乃川あずき

優樹は異世界転移後にクラスメイトから追放されてしまうが、偶然手に入れた亡き英雄の【創造魔法】でたくましく生き抜くことに——!?

全5巻

趣味を極めて自由に生きろ!

紫南

魔法が衰退し魔道具の補助無しでは扱えない世界で、フィルズは前世の工作趣味を生かし自作魔道具を発明していた。ある日、神々に呼び出され地球の知識を広める使命を与えられ——?

既刊4巻

幼子は最強のテイマーだと気付いていません!

akechi

森の奥深くで暮らすユリアの楽しみは、動物達と遊ぶこと。微笑ましい光景だが、動物達は伝説の魔物だった!!知らぬ間に最強のテイマーになっちゃった!?

既刊3巻

引退賢者はのんびり開拓生活をおくりたい

鈴木竜一

パワハラにうんざりし、長年勤めた学園を辞職した大賢者オーリム。自然豊かな離島で気ままに開拓生活を送ろうとしたが、発見した難波船が世界の謎を解く鍵だと気が付いて——!?

既刊3巻

転生しても実家を追い出されたので、今度は自分の意志で生きていきます

藤なごみ

転生したアレクは前世で母に捨てられ苦労した分、今度は自由に生きたいと思っていたが、今世でもまた捨てられる運命だと知る…可愛い妹分のリズと魔法の特訓をし、来るべき日に備えることに!!

既刊1巻

放逐された転生貴族は、自由にやらせてもらいます

長尾隆生

前世の記憶持ちで転生したトーア。才能がないと辺境の砦に放逐され、十年後家を継いだ兄から絶縁宣言もされてしまう…砦で身につけた力と知識を生かして冒険者活動を始めるが——!?

既刊3巻

1×∞ 経験値1でレベルアップする俺は、最速で異世界最強になりました!

マツヤマユタカ

カズマは気が付くと異世界の自然豊かな場所に一人でいた…仕方なくサバイバル生活を開始するが、未経験だった釣りや狩りが妙に手くできる!!その秘密は験値にあって…!?

既刊2巻

異世界で水の大精霊やってます。

穂高稲穂

いきなり別の世界に転移していて、辺りは見知らぬ湖と思っていたら、自身が湖そのものになっていた!?流れてくる知識から湖の大精霊になったことを理解するが、ある少年のもとに召喚されて…!?

既刊2巻

もふもふが溢れる異で幸せ加護持ち生

ありぽん

神の手違いの
護持ちで異世
ジョーディ。1
ラックパンサ
誕生日祝い
その先では

既刊5巻

工芸職人《クラフトマン》はセカンドライフを謳歌する

鈴木竜一

ウィルムは前世でも現世でもブラックな環境で死ぬ程働いていた…クビをきっかけに隠居生活を始めるが、評価してくれていた癖のある顧客達が押し寄せて来たことで…!?

既刊2巻

可愛い
異世界で

ありぽ

レン
ま
鳥
ナ

既刊3巻

没落した貴族家に拾われたので恩返しで復興させます

六山葵

没落貴族家に拾われた、捨て子のレオン。特技である魔法を活かして実家を立て直そうと魔法学院に入学する。実力を発揮して楽しい学園生活を過ごすが、出自に関わる情報を得て…!?

既刊1巻

定価

Re
金斬り
第1
第2章

TVア

ストーカー
ブリンに転生
うほど強くな
化を遂げ、あ
ミュニティの
な強者が跋扈
で、有能な部
な下克上サバイ

ギを開けてしまった。

（ふっふっふっ……！　この窓には魔法の機能を阻害する特殊加工が施してあったようだが、俺ほどの使い手には通用せんよ）

寝室の窓は音も立てず、静かに開いた。

ムグルスもまた音を立てることなく、室内へと侵入した。

外の乾いた冷たい空気と違い、寝室の空気は少し暖かく、ほんのり甘い香りがした。

（若い女の匂いだ……。それと微かに息遣いも感じる……）

ベッドに接近するムグルス。

カーテンは薄く、内側のシルエットが透けて見えるが、この暗がりだと何となく人がいることしか確認出来ない。

ムグルスはカーテンを少し開け、その中を覗き見る。

ベッドの上には、掛け布団を頭から被った女王がいた。

部屋に入ってから聞こえていた寝息も、ここが出所で間違いない。

（一国の女王がガキみたいな寝方してやがる……いや、そもそもガキだったか。まあ、子どもだろうと始末することにためらいはない。美人らしいから、少々もったいないとは思うがな！）

ムグルスは寝息が聞こえる場所から女王の首の位置を割り出し、そこへ短剣を突き立て……ようとして止まった。

（この女王、何かデカくないか……？　情報によると身長は１６０センチ前後らしいが、この布団の膨《ふく》らみはそれよりも明らかにデカいような……）

布団を被っている何者かは体を曲げて寝ているが、それでも大きいことは伝わってくる。

ムグルスはすぐにその意味を理解した。

（替え玉か……！　クソッ！　偽の情報を掴ませやがったな！）

いかにも女王がいそうな部屋だが、そこで寝ているのは明らかに別人。

本当の女王の寝室を隠すカモフラージュを本物だと信じ込んだ内通者が、まんまと騙《だま》されたのだ……とムグルスは判断した。

これでも罠を疑わない理由は、替え玉をやっている人物が本当に寝ているからだ。

もし意図的に偽の情報を掴ませ待ち伏せしているなら、替え玉が寝ているわけがない。

（しかし、女王の寝室が偽情報でも、流石に王国騎士団の詰所や宿舎の位置は本当のはず……。今回の潜入の目的には、王国騎士団の殲滅も含まれている。そちらが上手くいっていれば、女王を暗殺する機会などいくらでも作れる）

ムグルスは城内を探索し、本物の女王を捜そうかとも考えたが……やめた。

王国騎士団と他の侵入者たちの戦いが始まれば、当然城内に緊張が走り、女王の警護も厳重になるだろう。

女王の警護を担当するのは、騎士の中でも上澄《うわず》みの強者たちだ。

それらと正面切って戦う気はさらさらなかった。

（そもそも俺の任務が失敗したのは俺のせいじゃないし、今から王国騎士団との戦いに加勢するのも面倒だ。ここは戦略的撤退を……）

ムグルスは開いたままの窓から出ていく前に、もう一度ベッドの上で眠る何者かに向き直った。

目の前に侵入者がいるというのに、呑気に寝息を立て続けている。

それが彼は気に入らなかった。

（俺に責任はなくとも、任務失敗は事実……。場合によっては責任を追及されるかもしれん。それなのにこいつはスヤスヤ寝やがって……！）

ムグルスは一度収めた短剣を再び抜き、眠る誰かの首に狙いを定める。

（替え玉が殺されたとなれば、今回の潜入の目的が女王暗殺だとバレる……。次に狙う時、きっと警護が厳しくなるだろうなぁ……でも、どうせ次を任されるのは俺じゃねぇし！）

八つ当たり、ストレス発散、それ以外に意味のない殺し。

ムグルスがその凶刃《きょうじん》を振り下ろした瞬間、彼の意識はブラックアウトした。

「ん……？　俺は……いや、立ち眩《くら》みか……？」

ムグルスにとってはわずかな意識の消失。立ち眩みと勘違いしてもおかしくはない。

だが、彼の身に起こったことはそんな簡単なことではなかった。

少しずつ感覚を取り戻す中で、彼自身もそれに気づいていく。

「あ、あああっ!?　何だっ！　これは水!?　み、水で磔《はりつけ》にされているのか……!?」

寝室の壁に大の字で固定されたムグルスの体。

その手足には透き通った水の球が張り付き、彼の体の自由を奪っていた。

「何らかの魔動トラップか……？　ふんっ、こんな小癪《こしゃく》な罠ではなぁ！」

全身に力を込め、魔法を放とうと魔力を手のひらに集中させる。

しかし、水の球の拘束が解けることはなかった。

それどころか、数秒の抵抗の後、ムグルスは絶望した。

同じ水魔法の使い手として、理解してしまったのだ。

この水の球を生み出した魔法の使い手に、自分は決して勝てないのだと――。

「60人も来たのね。全員魔力が弱くって、位置を探るのに時間がかかったじゃない」

「ハッ……!?」

ベッドで寝ていた誰かがいなくなり、代わりに長身の女がムグルスの目の前に現れた。

着ているピンク色のパジャマはサイズが合っておらず、ヘソが出てしまっている。

青く長い髪はボサボサで、表情は眠そうに見える……。

一見ズボラなだけの普通の女だが、ムグルスにはわかっていた。

ベッドで寝ていたのはこいつで、自分を拘束する水魔法を使ったのもこいつだと……。

「お、お前……騎士でもなければ侍女でもないな……っ!?」

「正解。冒険者さ」

「冒険者……だと？　じょ、女王の警護に冒険者を使っているのか……!?」

ムグルスが驚くのも無理はない。

冒険者は世間に広く浸透《しんとう》した職業だが、高貴なる者にとって信用に足る職業かと言われれば、そうではない。

それに女王の警護に部外者を使うのは、王国騎士団の顔に泥を塗《ぬ》るに等しい行為。

歴史上、それがまったくなかったわけではないが、基本的にはタブーとされている。

しかし、リィナはそんなことまったく気にしない。

王国騎士団が派閥争いで弱体化し、戦力が落ちているというのなら、知り合いの強い人物を呼ぶまでだ。

今回呼んだのは、家族の知り合いというちょっと遠めの縁だったが。

「お前は何者だ……!?」

「キルト・キルシュトルテ。ギルド『キルトのギルド』の……いや、今はただのＳ級冒険者だ」

キルトは壁に固定されているムグルスの首を掴み、軽く力を込めた。

「これから質問に答えてもらう。久しぶりだし、女王様の命令だから……張り切っちゃおうかな」

「…………」

すでにムグルスは恐怖のあまり失神していた。

「ちょっと張り切り過ぎたか……」

キルトは首を掴んでいる手を放し、今度は頭を掴んだ。

そして、ムグルスの頭に微量の魔力を流し込む。

「……グハッ⁉」

電気ショックを受けたように体が痙攣《けいれん》し、ムグルスは意識を取り戻した。

「まずは所属を聞かせてもらおうかな。あっ、もうわかってるけど一応目的も聞かせて」

「は……はひっ！」

ムグルスに抵抗する気はなく、ベラベラと自分の持っている情報を話し始めた。

「俺……いやっ、わたくしめの所属は『六々會《ろくろくかい》』でございますっ。その名の通り66名で構成された秘密結社で、わたくしめはその中で序列7位なのでございますっ。暗殺だけでなく、手広く裏工作を行う組織で、今回は女王様と王国騎士団を暗殺しに参りましたっ」

「なるほど、依頼主は？」

「むぐぅ……それは……」

流石のムグルスもこの質問は返事に詰まる……が、キルトの冷ややかな目を見て口を開いた。

「王族の誰か……としか、わたくしめには知らされていません。66名の中で序列7位というのは偉そうに思えますが……しょせんは現場のトップなのでございますっ……。上とのやり取りはいつも代理人が……」

「その言葉に命は懸けられる？」

「は……はいっ、本当にわたくしめは駒《こま》でしかないのでございますぅ……」

「……よし、信じる！」

用済みとばかりに、キルトはムグルスのみぞおちに拳をめり込ませた。

「グハッ……!?」

彼は再び気絶した。

(うーん、『六々會』かぁ……。女王暗殺なんて、もっと有名どころの組織を使ってくると思ってたけど、こいつらはせいぜい中の下。それなのに上位６名を温存してるのも気になる。王族が依頼主って言ってたけど、実際は上位６名に王族や貴族がそのまま座っているパターンもありそうだ)

キルトは戦いに関すること以外、考えるのがあまり得意ではない。

それでも、今回の女王暗殺に関してはいろいろと考えざるを得ない。

(もしかしたら、単純に今の女王と王国騎士団なら、この戦力で十分潰せると思ったのかも。実際、この男もそこそこは強い。女王派の騎士は若くて未熟な子が多いから、私たちが来ていなければ大きな被害を受けていた可能性はある)

ただ、キルトにはそれでも消極的な攻め方のように思えた。

今回の襲撃は何かの布石、ムグルスの言う通り捨て駒ということもあり得る。

キルトはさらに考え込みそうになって……そこで思案をやめた。

「下手の考え、休むに似たり。私はただ目の前の敵を叩くのみ」

残った59名の敵への対策も、事前に用意してある。

キルトが慌ててフォローに向かう必要はないが、それでも彼女は体を動かしたい気分だった。

「それにしても……」

キルトは寝室にある大きな鏡で、今の自分の姿を映す。

「いくら女王様の代わりになるからって、同じパジャマを着る必要はなかったかな……？」

普段リィナが来ているピンク色のパジャマはゆったりとした大きめのサイズとはいえ、長身のキルトが着るとキツイ。

掛け布団をめくって姿を確認されそうになった時点で反撃するのだから、確かにパジャマまで着てなりきる必要はなかった。

「でも、たまにはこういうのも……いいかも」

ギルドのみんなに見せたら、どんな反応をするだろうか――。

そんなことを考えながらキルトはパジャマを脱ぎ、不器用ながらも畳《たた》んでベッドの上に置いた。

「ありがとう、女王様」

万が一に備えて王城を離れているリィナに礼を言う。

きっと、ユートや両親と合流して楽しく過ごしているだろう……とキルトは思っていた。

しかし、現実はアロサウス領でも反乱が起こり、ユートとリィナの両親がそれに巻き込まれていることを今のキルトは知らない。

王国騎士団は女王暗殺の情報を事前に掴むことが出来た。

しかし、地方領主であるアーケナムの野望までは把握出来なかった。

先代国王も、現女王も、広いヘンゼル王国を隅々まで見通せるわけではない。

陰に隠れて反逆の時をうかがっている者たちを、事前にあぶり出すのは難しいのだ。

ならば、頭を出した敵から確実に叩いていく——。

それがラコリィナ・バーム・ヘンゼルの覚悟だった。

ユートたちに内緒で数回会っただけの関係でしかないが、キルトはリィナのことをとても気に入っていた。

それはリィナがユートの家族だからではなく、彼女の内に秘められた血の宿命とも言える二面性に、強い共感を覚えたからだった。

「1匹も逃さず捕まえて、女王様の前に突き出してあげないとね」

キルトは持ってきていた普段の服に着替えると、開きっぱなしの窓から外へと飛び出した。

◇　◇　◇

時は再び戻り、正午過ぎのイーザン――。

粉砕されたギロチンの残骸が散らばる広場で、リィナの口からこれまでの経緯が語られた。

「……なるほど、王城にはキルトさんがいるのか」

俺は納得して頷く。

「まだ私には頼れる人が少なくて……。それでユートのギルドのマスターさんは強いって聞いたから、お願いしてみることにしたの。そしたら、快く引き受けてくれたんだ」

「なら、王城の方を心配する必要はないか……でも、どうして俺には何も相談してくれなかったんだ？　そりゃキルトさんに比べたら頼りないだろうけど、俺もリィナのために戦う覚悟はあるさ」

「それだと心置きなくピアザ村に帰れないでしょ？　キルトさんと王城に張り込んだら里帰り出来ないし、城を抜け出した私の護衛をしながらだと、そっちに気を取られてお父さんとお母さんに向き合えない」

「それは……そうかも」

「もちろん、女王暗殺計画を知った時は不安だったよ。一番信頼出来るユートに相談したい気持ちだってあった。だけどユートの、両親と向き合う決心を邪魔したくなかったの。それくらいユートにとっては、真剣にやらないといけないことだって……私は思ってたから」

勝手に家を飛び出して、２年間も音信不通で、両親を不安にさせた責任は取らないといけない。

同じ家で暮らしたリィナだからこそ、それを俺と同じくらい重く考えてくれたんだ。

「ありがとう、リィナ。まだまだ頼れる男にはなれてないけど、リィナがくれた時間のおかげで俺は両親と向き合う覚悟を得ることが出来たんだ。まあ、こんな大事件に巻き込まれて、再会に水を差されるとは思わなかったけどね」

「私……ユートがここに来てくれて、本当に嬉しかったんだ！　お父さんとお母さんを助けるため、自分が戦うつもりだったけど……実戦なんて経験がないから不安で不安で……」

よく見たら、リィナはマントの下に鎧を着込んでいる。

シュガーナイトメアと同じく、白と黒で構成された重そうな金属の鎧だ。

しかし、こちらの白と黒はうごめかないので、やはり特別なのはあの剣だけか。

「私の武器と防具は持ってこられたけど、こっそり城を抜け出してきたから護衛の騎士は少数で……私の家族を助けるために、彼らを危険に晒してしまうと思うと怖くって……」

リィナの体が小刻みに震える。

そこへサザンカさんがやって来て、寄り添うように隣に立つ。

「リィナ様はお優しいのです。ワタクシたち従者や騎士がリィナ様のご家族のために命を懸けるのは当然のこと。ただでさえ、ワタクシたちは平穏に暮らしていたリィナ様を王の座へとお連れした立場なのですから」

「私は優しくなんてないよ……王家の血を受け継いで、王になるべくしてなっただけ……」

「そんな、リィナ様は……！」

「さっき見たでしょう？　私の奥底からあふれ出す闇のようなドス黒い感情の力を……私は暴君の素質を持った女王なの……！　きっと、あの姿こそが私の本性！」

「それは違うよ、リィナ」

俺は震えるリィナの、鎧に覆われた手を握る。

頑丈そうな防具に守られていても、その中身は少女だ。

「無実の罪で両親を処刑されそうになったんだ。誰だってあれくらい怒る。リィナは、怒りを膨らませ、力に変える武器を偶然持っていただけなんだ」

「でも、あの剣の持ち主は私……！　王はあの剣を手放すことが出来ない……。かつて、その力を危険視した歴代の王が、幾度となく捨て去ろうとしたけど、どんな手放し方をしても自然と手元に戻ってくるの……！」

「それは……またとんでもない剣だな。でも、それとリィナの本性は関係ない。あの状況であの剣を持っているなら、誰だって怒りに支配されると思う。リィナが特別なわけじゃないんだ。その心の中にまったく闇がないとは言わないけど、それは人間なら誰だってそうさ」

「ユートも……怒ってた？」

「もちろん！　下手人《げしゅにん》たちを殺してやろうかとも思ったけど……まだ生きてる両親を見たら、そこまでは怒れなかった。でも、あの剣を持たされていたら果たしてどうなっていたか……竜牙剣と魔聖剣、二刀流で何をしでかしていたか恐ろしくて想像もしたくないよ！」

「私だけが醜い感情を持ってるわけじゃないんだね……」

「みんな人間だもの、当然さ。そのうえでリィナは優しい人だって俺も思ってるよ。一緒に暮らした日々を振り返ってもそう思うし、何よりあの剣を抜いた理由からして優しいよ。勝手に暴れて、勝手に自分の刀で死のうとしてるグレゴーアを守ってあげたんだからさ」

「ふん……勝手に暴れて、勝手に自分の刀で死のうとして悪かったな」

グレゴーアは苦笑いし、地面に突き刺さったままの妖刀はカタカタ……とひとりでに震えた。

シュガーナイトメアも奇怪な武器だけど、あっちも相当だよな……。

「あれはユートがこの人を守ろうとしてたけど、危なそうだから私がやらないとって思って」

「俺を守るためにやってくれたなら、やっぱり優しいっていう考えは変わらないな。あの刀が放つ重圧も相当だったし、その中で人のために動けるのはすごい」

「……ありがとう、ユート。おかげで自分を取り戻せた気がする」

リィナは地面に転がるシュガーナイトメアに手を伸ばし、掴み上げた。

その瞬間、刃表面の白と黒が規則的に分かれ、まったく動かなくなった。

「今の私の心なら、この剣を従わせることが出来る。いつ抜いても冷静に力を振るえるような、立派な女王様になるから……見守っていてね」

「ああ、もちろんさ」

リィナはシュガーナイトメアを鞘に収めた。これでひとまずは一件落着だ。

「リィナ！　リィナも来てくれたのね！」

そんな声とともに、シウルさんに匿《かくま》われ、この場から離れていたはずの母さんが戻ってきた！

「ごめん、ユート！　子どもたちを見守るためにどうしても戻りたいって言われて、説得し切れなくって……」

「いや、シウルさんが謝る必要はないですよ。母さんはそういう人ですから……」

母さんはリィナに抱き着き、頭をポンポンと撫でている。

「お母さん……！　本当に無事で良かった！　怖い思いさせてごめんね……」

「大丈夫、大丈夫！　ずっとユートが助けに来てくれる気がしてたから、私は全然怖くなかったもん！　パパの方はすごく怖がってたけどね！　それに怖い思いをしたのはリィナのせいじゃ……」

「あの、そっちじゃなくて、私の力のせいで……怖かったでしょ？」

「ううん、全然怖くなかったよ。私たちのために怒ってくれてありがとう、リィナ」

「うん、うん……ありがとう、お母さん……」

母さんの胸に顔をうずめ、強く抱き着くリィナ。

これからも俺たち家族が彼女の怒りや憎しみを受け止めることが出来れば、その心が闇に呑まれることはないだろう。

「息子たちに助けられる日が、こんなに早く来るとはな……」

母さんと同じく戻ってきた父さんが俺の隣に立ち、しみじみと噛みしめるように言う。

「無事で良かったよ、父さんも母さんも」

「ああ、お前たちのおかげで命が助かった。『見違えた』という言葉は、こういう時に使うんだろうな。母さんと違って、俺はすぐにお前だと見抜けなかった。それだけお前が大きな存在に思えたんだ」

「ありがとう、父さん。そう言ってくれるとすごく嬉しい」

　感謝の言葉だけじゃない。俺には他にも言わないといけないことがある。

「……いきなり家を出ていって、ごめんなさい」

「いきなり……か。ユート、親を舐めるなよ。お前が何かしようと準備してることなんて、お見通しだった。ただ、お前の気持ちを止められはしないと思った。だから、母さんと何度も相談して、送り出すことを決めたんだ」

「そう……だったんだ。本当は準備してる間に、何度も何度もやっぱりやめようかなって思ったんだよ。でも、都会への憧れは抑えられなかった」

「年頃の男なんてのはそういうもんだ。俺みたいに一歩踏み出す勇気がない奴の方が珍しい。今回だって、領主に捕まるほど声を上げたのは母さんの方だったからな」

「でも、母さんの抗議に付き合って殺されるとしても、後悔なんてないんでしょ？」

「当然だ」

　愛する人のために生きるのも、十分勇気のあることだよ――。

なんてことは流石に気恥ずかしくて口には出せなかった。

「とはいえだ、ユート。流石に手紙くらいはよこしてほしいものだな。俺も母さんもお前のことを考えなかった日はないというのに、お前は結構忘れてる日もあったんじゃないか？」

「それは……ごめんなさい！」

確かに日々を生きるのに精一杯で、家族のことを忘れてる日はあった。

それも結構な頻度《ひんど》で……。

「母さんは『便りのないのは良い便り』と言っていたが……その通りだったようだな。この2年間でお前は見違えるほど成長した。それだけ王都で忙しく働いていたんだろ？　それこそ俺たちのことを気に掛けられないほどにな。夢を抱いて都会に出た男なら、そういう生き方も悪くない！」

「あー、あはは……！　まあ、最近は結構忙しく働いてるよ……！　2年間ずっとそうだったかって言われると……いや、あの頃もかなり忙しくてしんどかったよな……？」

途中から父さんに聞こえないくらい小さな声でボソボソつぶやくだけになってしまった。

でも、2年間あんまり暇がなかったのは事実……だよな！

「ユート！　ユートもすごく強くなったのねー！」

リィナを抱きしめ終えた母さんが、今度は俺を抱きしめにやって来た。

「母さん！　防具があるから、あんまり強く抱き着いたら体を痛めるよ！」

「大丈夫よ！　ユートの防具、リィナのよりは薄いもの！」

「それはそうだけど……！」

リィナの白黒の鎧よりは、ドラゴンの卵から出来たチェストプレートの方がマシだろうけどさ。

母さんってば、すごい勢いと力で抱き着いてくるんだもの……。

とりあえず、母さんが満足するまでそのままにしておこう。

母さんが離れて体が空いたリィナは、父さんと話しているようだ。

「立派に女王をやってるじゃないか、リィナ。いきなり王城の奴らがやって来た時は、何事かと思って気が気じゃなかったがな」

「あの時は私もビックリしたけど、今は私のことを必要としてくれる人たちに支えられて、何とか女王の役目を果たせている感じかな」

「……苦しかったら、いつでも家に帰ってこい。女王である以前にリィナは俺の娘だ。王家の血筋とか、役目とか、そんなものは関係ない。あの村が、あの家が、リィナの居場所なんだ」

「ありがとう、お父さん……。危ないことはたくさんあるけど、まだ女王を続けてみるつもり。私にしか出来ないことが、あると思うから」

「ならば、俺はそれを応援する！　ただ、いつでも帰る場所があるってことは忘れないでくれ」

「うんっ！　本当に無理ってなったら、お城を抜け出して帰ってくるね。でも、今はお父さんとお母さんがくれた優しさを胸に女王を続ける！　血が騒ぐような激しい感情を抑え込んで、女王でいられるのは……家族みんなで過ごした思い出のおかげだから」

リィナの言葉に、父さんは感極まって泣いてしまった。

息子の前では泣くまいとしていた父さんも娘には弱い。

俺も釣られて涙が出そうになったが……親の前では泣くまいと強がってみる。

「……ユート様」

「うおっ!?　あ、サザンカさんか……」

母さんと離れた俺の背後から、サザンカさんが囁《ささや》きかけてくる。

サザンカさんはペコリと一礼した後、言葉を続ける。

「お取込み中のところ申し訳ございません。反逆者である領主アーケナムおよび従者バラドラ、それとこの場にいる騎士とは名ばかりの荒くれ者たち、全員を拘束いたしました」

「ありがとうございます。俺たちだけじゃ、こんなスムーズに制圧出来ませんでした」

「こちらこそ、リィナ様を止めていただきありがとうございます。ワタクシは王神器《レガリス》の正統継承者でありながら、あの場をどうすることも出来ませんでした……。バラドラは悪党ですが、ワタクシにとっては彼の語る言葉も一部は真実でした」

落ち込むサザンカさんに慰めの言葉をかけようとしたけど、今は気休めはいらないかもしれない。

「リィナ様の不安を取り除くためにも、ワタクシは今一度肉体と精神を鍛え直し、リィナ様がシュガーナイトメアの魔力に呑み込まれても、お止め出来るだけの力を身につけてみせます。もちろん、バラドラのような悪党にも後れを取らないように……！」

サザンカさんは手に巻かれたバンダージェムを握りしめる。

浄化と捕縛を得意とする彼女の王神器《レガリス》の力が強まれば、リィナも暴走を恐れる必要がなくなるかもしれない。

いざという時、自分を止めてくれる存在がいるのは本当に心強いんだ。

「リィナを支えられるように、お互い頑張りましょう」

「はい、ユート様！」

さて、とんだ里帰りになってしまったが、これからどう動いたものか。

ピアザ村のみんなを安心させるため、すぐに引き返したいところではあるけど、このイーザンの街に伏兵はもういないだろうか？

それに、拘束したアーケナムたちはどうすれば……。

「う、うぐぅ……！　あ、あ……私は……」

黒い液体に襲われた恐怖で正気を失っていたバラドラが言葉を発する。

バンダージェムに巻かれた体を芋虫のように動かし、また何か訴えようとしている。

「クゥウウ……ッ！」

ロックが唸り声を上げて警戒している。

バラドラの切り札である王神器《レガリス》は回収後、リィナの護衛の騎士に渡してある。

王都へ持ち帰り、厳重に保管するらしい。

もう二度とあの恐ろしい力がバラドラの手に渡ることはない……。

「最強……一番……王様になるんだ……！」

……どうやら、聞かなくてもよさそうだな。

ちょっと警戒し過ぎたかなと思っていたら、今度はアーケナムが口を開いた。

「ねぇ、バラドラ……。今までのお前は本当のお前ではなかったのかい？　僕はずっと騙されて、利用されていたということなのかい……？」

「そうだ……！」

バラドラの返事は早かった。

「民の抵抗を許さぬ強靭な独裁者に育てば良かったものを……。ただの夢追い人のボンボンに育ててしまった……！　育て方を間違えた……！」

「夢追い人なのはバラドラの方だろ！　何だよ、王様になるってさ!?　世界征服なんて今時なかなか聞かないよ！　馬鹿じゃないの!?　僕はバラドラに……育ての親に似たんだ！」

「くっ……！　口の減らないガキが……！　育ててやった恩を忘れたか！」

「バラドラが自分の夢のために、勝手に育てただけなんだろ!?　いつまでも自分が若いと思ってるボケジジイが！　身の程知らずな夢なんて捨てとけよ！」

ある意味、彼らもしっかり親子なんだなと思わされる口喧嘩だ。

血がつながっていなくても、そこに愛がなくとも、長年共に過ごしてきた事実は変わらない。

悪いところばかり似てしまったんだ。

ただ、こんな中年になるまで、子どもの頃からそうなるように育てられたアーケナムには……多少同情してしまう。

先代領主は名君だったけど、優れた親ではなかったんだろうな。

原因が仕事の忙しさなのか、子どもへの興味のなさなのかはわからないけど、子育てをバラドラに任せ過ぎた。

古参の騎士たちも、幼い頃からかわいがってきたアーケナムに諫言《かんげん》する勇気がなかった。

誰か1人でもアーケナムの純粋な残虐性を指摘し、それを少しでも改善しようとしていれば……こんなことにはならなかっただろう。

親は子どもを育てる環境を事前にある程度準備出来るけど、子どもの方は生まれた環境を変えることは出来ないからな。

俺は自分のことを第一に考えてくれる親のもとに生まれたことを感謝し、これからは親孝行していこうと心に誓った。

アーケナムとバラドラは法に則《のっと》って裁かれるだろう。

「世界征服……か。俺も小さい頃そんなことを言って、リィナに鼻で笑われたっけな」

その後、アーケナムたちは自分たちの屋敷の地下牢に連れていかれた。

王都から王国騎士団の増援部隊が来て、彼らを移送するまでは一応自宅にいられるというわけだ。

さっきまで自分たちが人を閉じ込めていた場所に自分たちが入る……何とも皮肉なものだな。

「ユート……今日は昔みたいに妹として甘えさせてよね……」

リィナが倒れ込むように俺の胸に飛び込んでくる。

その体を受け止め、両腕でしっかり支える。

「昔みたいに？　あの頃は『妹じゃなくてお姉ちゃんみたいだね』って言われるのが嬉しくって、全然俺に甘えてこなかったじゃないか」

「へへ……そうだったかなっ？」

リィナはペロッと舌を出して、いたずらっぽく笑った。

こうして、正午の公開処刑に合わせて始まった俺の両親救出作戦は成功に終わった。

時間にしたら数時間の戦いだったが、体感時間はその何倍にもなる。

体に溜まった疲労も尋常ではない。

絶対に負けられない戦いの緊張感、リィナの黒い力を抑えるのに消費した魔力……正直、今すぐにでも懐かしい家のベッドで眠りたい気分だ。

でも、俺たちはまだ両親と村のみんなを連れて帰るという、村の人たちとの約束を果たしていない。

ピアザ村で待つ子どもたちを、少しでも早く安心させてあげたい……！

しかし、領主が捕まって混乱するイーザンの街も放置するわけにはいかない。

俺たちはまず街の住人を家に帰して騒ぎを落ち着けると共に、伏兵や危険な武器が街中に隠されていないかを探った。

結果……特に怪しいものは存在しなかった。

アーケナムは「正直、ギロチンによる処刑のことだけで頭がいっぱいだったよ」と言っていたし、グレゴーアは「ここの騎士団に俺以上に強い奴なんていねーよ」と言っていた。

彼らは悪党ではあるが、この発言に関しては今までの行動からも信頼出来ると思った。

また、領主邸の地下牢には、アーケナムに逆らった古参の騎士たちが幽閉されていた。

アーケナムの指示に渋々従った騎士もいれば、こうして逆らった結果閉じ込められてしまった騎士たちもいたということだな。

その正しさを貫く意志の強さをアーケナムが育つ段階で発揮してほしかったとも思ったが、ただの騎士が貴族の教育に口を出すのは難しかったんだろうな。

ただ、逆らった騎士たちをアーケナムが即座に殺さなかったのは不幸中の幸いだった。

おかげで不安に怯えるイーザンの住人を守る戦力が増強されたのだから。

牢屋から解放されたら即仕事ってのは、少し大変だけどね。

「私が王都から連れてきた騎士たち、元々この街を守っていた騎士たち、そしてアーケナムが圧政を敷いている間は動けなかった憲兵団……彼らの力を合わせれば、一時的に街を守るには十分な戦力になりそうね」

とりあえずの後始末を終えたリィナが一息つきながらつぶやく。

グレゴーアと同等の戦力が潜んでいない限り、これでこの街の平穏は守られるはずだ。

「では、リィナ様はピアザ村に向かいましょう。今すぐにでも」

リィナのそばに控えていたサザンカさんの言葉に、リィナは少し驚いた表情を見せる。

「確かに事態は落ち着いたけど、このタイミングで私が街を離れるのは無責任じゃなくて？　また何か起こる可能性もゼロではないし……」

「ええ、ゼロではないから離れるのです。もちろん、ピアザ村が安全かと言われれば、そちらも絶対ではないです。しかし、先ほどまで敵地だった街に留まるよりはマシでしょう。それに……」

「それに？」

「ピアザ村の人々はリィナ様のご両親が無事に帰ってくることを今も待っています。きっと、気が気ではありません。出来るだけ早く安心させてあげるべきです。そして、その場には家族であるリィナ様もいた方がいいと思いまして」

「ありがとう、サザンカ。気を遣ってくれてるのね」

「合理的判断と言ってください」

「じゃあ、合理的判断により私はピアザ村に帰ります！」

「了解しました。すでに村の皆様が乗る馬車は手配してあります」

やっぱり、リィナはサザンカさんのことを信頼している。

信頼されるだけのことを続けているのだから当然さ。

「ユート様たちのパーティもご同行願えますか？」

「もちろんです！」

「ありがとうございます。では、神馬車の方へ」

サザンカさんに促され、俺たちは神馬車に乗り込んだ。

ピアザ村に向かうのは俺のパーティと神馬の騎士パールトさん、それにサザンカさんとリィナだ。

残りの戦力はイーザンの治安維持に努めてもらう。

「ピアザ村までの護衛任務……期待してるよ、竜騎士様っ！」

神馬車に乗ったリィナは妹モード継続中だ。

普段真面目な女王様を演じている反動だろう。

「ユートの同僚の皆さん、初めまして！　私はラコリィナ・バーム・ヘンゼル、この国の女王をやらせてもらってます！　気軽にリィナって呼んでください！」

キルトさんとは裏で会っていたようだけど、シウルさんとフゥとは初対面だ。

それにしても、とても女王とは思えないフランクな挨拶……！

「あ、ああ、女王様……！　ご活躍はかねがね聞いておりますぅ……！　シウル・トゥルーデルと申しますっ！」

シウルさんは挙動不審になっている。

パーティでは一番コミュニケーション能力に長《た》けている彼女も、いきなり女王が前に出てきたら混乱するということだ。

「お初にお目にかかります、ヘンゼル女王。私はジューネ族の次期族長フゥ・ジューネ。この度《たび》は王国の趨勢《すうせい》を左右する戦いにお供出来て光栄の極みであります」

フゥが珍しく敬語を使ってる……！

いずれ族長になる者として、ちゃんと言葉を使い分けることは出来るんだな。

「ご丁寧にありがとうございます！　シウルさんに、フゥちゃんか……これからもユートと仲良くしてあげてくださいね！」

「もちっ、もちろんですっ！　私の方がいつも良くしてもらってますから！」

「それに関しては女王に言われずとも……ですな」

……なんか照れるな。

俺は今の表情をみんなに見られたくなくて外の景色に目を向ける。

すると、リィナが俺の隣のロックに語りかけてきた。

「ロックちゃんは久しぶりだね。私のこと、止めてくれてありがとう」

「クゥ～！」

ロックの竜籠手《ガントレット》が暴走を止める決め手となったことは覚えている……か。

あの状態の記憶が鮮明に残るのは辛いだろうが、こればっかりは乗り越えてもらうしかない。

ただ、ああなったリィナをまた止められるように、俺たちも修業を続ける。

王都に帰ったらキルトさんに協力をお願いして、俺とロック——竜魔法《ドラゴスペル》と竜魔装《ドラゴアームド》の合体魔法を確実なものにしてみせる。

「それでは皆様、出発します」

パールトさんの出発の合図と共に神馬車は動き出す。

その後ろを、イーザンまで抗議に来ていた村の人々を乗せた馬車がついて来る。

今は女王を守る仕事中だが、普通の馬車に合わせて普段よりゆっくり走る神馬車の動きに、眠気を誘われずにはいられない。

「ユートが寝たら、その間に私たちの昔話を2人に披露しちゃおうかなっ！」

「……流石は女王様。眠れなくなった！」

話を聞かせろと騒ぐシウルさんとフゥ。

意地でも寝たくない俺。

それを見て楽しそうに笑うリィナ。

そして、何も気にせず寝始めたロック。

「私が守りたい世界はここにありますね」

ふとパールトさんの言葉が聞こえ、それに応えるように神馬がいなないた。

第7章　ドライグ家大集合

ピアザ村には、日が暮れてから到着した。

夜の闇の中でも運良く魔獣に襲われることはなかった。

俺の両親、そして両親のために声を上げてくれた人たち、全員を無事に村に送り届けることが出来たんだ。

村に馬車が入ると、夜だというのにわっと人々が押し寄せてきた。

子どもたちも眠たそうな顔で、俺たちの帰りをずっと待っていてくれたようだ。

「すごい……！　本当に帰ってきた！」

「ソラさんも、アースさんも、ご無事で何より……！」

「あの新領主はどうなったんじゃ!?」

驚く人、喜ぶ人、その経緯が気になる人……。

馬車から下りるとみんなに囲まれ、やいのやいのと言葉を投げかけられる。

それだけ心配してくれていたんだと感謝し、言葉1つ1つに返事をしていく。

その言葉の中には、俺のことを褒めてくれる言葉もたくさんあった。

武術も知らない、魔法も使えない、その割に夢見がちな若者という目で俺のことを見てきた人たちだからこそ、成長した姿には思うところがあるようだ……って、自分で言うのもあれだけどね。

「ありがとうございます！」

誰に対しても、褒められたら笑顔で返しておけば問題ない。

まるで英雄の凱旋《がいせん》パレードのような騒ぎはなかなか終わりそうになかった。

それもそのはず、村の人たちにとっては気になることだらけだからだ。

「みんな〜！　ただいま〜！」

「あれっ⁉　リィナちゃんも帰ってきてる⁉」

なぜか女王になったはずのリィナまで一緒に帰ってきている、ということに気づいた村の人たちが騒ぎ出す。

これはすごく気になる点だろうけど、暗殺されそうになったから避難してきたとは言いにくい。

ゆえにリィナは笑顔でごまかしている。

「あはは……！　えっと、女王のお仕事に余裕が出来たので、今のうちに里帰りをと……！」

「おおっ、ちょうどユートと同じ時期に里帰りしようと思ったんだな！」

村の人たちはすんなり納得した。

そもそも、昔からリィナは村のみんなに好かれていた。

ゆえにリィナの言葉を疑おうとする人はいないんだ。

「あのっ、すみません……！　あなたのお名前は……⁉」

「あら、そういう時はまずそちらから名乗るものじゃない？」

「いひっ……！　す、すみませんでしたっ！　俺の名前は……！」

シウルさんが村の若い男たちに囲まれている。

イーザンから帰ってきたばかりだというのに元気なものだ。

そして、こういう状況に慣れていて、何人の男に寄ってこられても、平然とあしらえるシウルさんもすごいものだ。

「お嬢ちゃんもユートくんと一緒に戦ってきたの？」

「もちろんだ。同じギルドの仲間だからな」

「へぇ～、まだ小さいのにすごいわね！　うちの子なんてまだ1人でお使いにも行けないわ～」

フゥは逆に村の女性たちに囲まれている。

自分や親戚の子どもと変わらないだろう年齢のフゥが戦う力を持っている、という事実に驚いているようだ。

すごいすごいと褒められているフゥはまんざらでもない表情で、「そうだろう、そうだろう」と頷いていた。

「ドラゴン、すげぇーーーっ！　カッコいいぞぉーーーっ！」

「クー！　クー！」

「こっちこっち！　私にも触らせてっ！」

村の子どもたちに大人気のロック！

抱っこされたり、頭に乗せられたり、なでなでされたりとやられたい放題だ。

当のロックは嫌な顔をしておらず、むしろ嬉しそうに子どもたちの期待に応えている。

だが、この調子だと俺たちはいつまでも実家に帰れそうもない。

なので俺から村のみんなに申し出て、家に帰らせてもらうことにした。

特に俺の両親は数日間幽閉されていたわけだからな。それだけ疲れも溜まっている。

まあ、その割にやせた感じはしないけど……食べ物は十分に与えられていたのかな？

「ふあーっ！　ひっさしぶりの我が家よっ！」

自宅に入ると同時に、母さんが叫んだ。

「連行された日から、何も変わっていないな……まあ、当然か」

父さんは何か盗まれた物がないかをチェックする。

村の人たちを疑っているのではなく、自分たちを連行したアーケナムの手先に何か取られていないかを確認しているようだ。

「さあ、シウルさんとフゥちゃんも入って入って！」

リィナは遠慮しているシウルさんを家に引っ張り込もうとしている。

「でも……今日くらいは家族水入らずの方がいいんじゃない？」

「いえいえ、せっかく我が家を訪ねてくれたお客様ですから！」

そう言ってリィナは一歩も引かなかった。

一方、フゥは普通に家に入り、いろんなところを見て回っている。

「ここがユートの育った家か……。想像していたよりもずっと広くて、住みやすそうな良い家ではないか。ここを飛び出していくとはなぁ～。まあ、私も人のことは言えんか」

「お茶っ葉も盗まれてなかったわ！　何人分淹《い》れればいいかしら？」

母さんが棚からティーカップを取り出す。

えっと、俺たち家族が4人で、シウルさんとフゥで6人。

ロックも飲むかな？　だとしたら7人……いや、サザンカさんはどこに行ったんだ？

家の中を捜してもサザンカさんはいないし、リィナの近くにもいない。

というか、ロックもいないじゃないか……！

「ロック、どこに行ったんだ？」

「クゥ！」

呼びかけながら家の外に出ると、玄関の近くにロックがいた。

「あ、ここにいたのか。なあ、サザンカさんを知らないか？」

「クー！　クー！」

ロックは近くに生えている木を指さした。

よーく見ると、木の陰からクラシカルなメイド服がはみ出している。

サザンカさんはなぜか俺たちから隠れているようだ。

「もしかして、彼女がどこかに行ってしまわないように見張っててくれたのか？」

「クゥ！　クゥ！」

ロックはうんうんとうなずいた。　相変わらず気の利くドラゴンだ。

「行ってみるか……」

木陰に近寄ると、サザンカさんもこちらに気づいた。

何やら思い詰めた表情をこちらに見せる。

「ワタクシは村までやって来てリィナ様を王都へお連れした人間の1人です。きっと、ご両親もワタクシの顔を覚えているでしょう。少々……顔を合わせづらくてですね。テーブルを囲んでの団らんの場に、ワタクシはふさわしくないでしょう」

「そんなことないです！　最終的に自分の進む道を決めたのはリィナ本人ですから。それに女王としてのリィナを一番近くで見ているサザンカさんの話を、きっと俺の両親は聞きたがります。ぜひ話してあげてくれませんか？」

サザンカさんは少し顔を背けて悩んだ後……木陰から姿を現した。

「何を言われても、それはワタクシの責任。ただ、リィナ様が女王としての責務を果たそうとしている姿を、ご両親には知ってもらいたい……」

「大丈夫ですよ。もし両親が何か変なことを言ったら、久々の親子喧嘩をするまでです！」

「ふふっ、ワタクシが原因で喧嘩なんて、さらに責任を感じてしまいますよ」

サザンカさんはそう言って微笑んだ。

そして家に戻ると、テーブルの上にはサザンカさんを含めた全員分のお茶が入っていた。

「あっ、来た来た！　サザンカちゃんはここに座ってね！」

「え、あ、はい」

母さんに手を引かれ、サザンカさんは席に着く。

「リィナがいつも手紙であなたのことを話しているのよ。『私のことを一番に考えて、支えてくれる人だ』ってねっ」

「リィナ様が……」

「だから、母親としていつか直接お礼を言いたいなって思ってたの。私の娘を支えてくれてありがとう……ってね！」

想像もしていなかった母さんの言葉に、サザンカさんはすぐに返事が出来なかった。

罵《ののし》る言葉でも、恨む言葉でもなく、感謝の言葉……。

それはリィナのために日々命を懸けているサザンカさんにとって、一番かけてほしかった言葉なんだ。

母さんは、サザンカさんのことを愛する娘を無理やり連れていった人間だなんて思ってない。

娘が選んだ道を一緒に歩いてくれる頼れる人として見ているんだ。

「……ワタクシはまだまだ未熟者です。それでも、命ある限りリィナ様のために戦うことを……ここに改めて誓います！」

「そんな大袈裟《おおげさ》に考えなくていいのよ。リィナとこれからも仲良く力を合わせて頑張ってくれたら、それだけで十分なんだから。時に意見が合わなくて喧嘩をしてもいい。リィナはあれで頑固なところがあるから、悪いことをしそうな時は平手打ちくらいしたっていいわ」

「はい……！　あ、いやっ、暴力はちょっと……」

「いいじゃない、いいじゃない。歳もそんなに離れてないんだし、手が出る喧嘩も愛情よ！」

「そういう……ものですかね？」

「まあ、私は子どもに手を上げたことは一度もないけどねっ！」

そう言って母さんは大笑いする。

あまりの自由さに、サザンカさんをはじめ自然とみんな笑い出す。

ああ……帰ってきたんだな、俺は。

懐かしさがあふれ出して少しこぼれた涙は、笑いのせいにした。

その夜は我が家で、ささやかなパーティーが開かれた。

両親の帰還を祝って、村の人たちがたくさんの食材や料理を持ってきてくれたんだ。

さらには母さんも自慢の料理に腕を振るってくれた。

どれもこれも懐かしい故郷の味で、俺とリィナは普段の何倍もの量を食べた。

シウルさんとフゥの口にも合ったようで、２人も出された料理をたくさん食べてくれた。

「クゥッ！　クゥッ！　クゥッ！　クゥッ！」

その中でも一番食べたのは、やはりロックだった。

俺たちだけではとても食べきれない量の料理に、ロックは一心不乱にかじりつき、どんどんと空の皿を生み出していく。

「ロックは母さんが作った料理を相当気に入ったみたいだ」

「流石はドラゴン、味覚も確かなようね！　私の子どもたちを助けるために頑張ってくれたんだから、うんとおもてなしするわ！」

「クゥ～！」

「それにしても、一体この子の体のどこにこれだけの料理が入っていくのかしら……」

大抵のことには動じない母さんも、流石にロックの食べっぷりには驚いている。

父さんに至っては少しロックにビビっているようで、食事の最中は体がのけ反っていた。

「なるほど……お前が変わったのはこの生き物のおかげなんだな……」

「うん！　名前はロック、伝説の魔獣、ドラゴンの子どもさ！」

「ほ、本当か……？　確かに強かったし、頭も良さそうだが……」

「クー？」

名前を呼ばれて食べるのを止めたロックが父さんの方を見る。

「うぉ……!?」

父さんは椅子ごと倒れそうになったところで、何とか踏み留まる。

この村では各家庭で動物を飼っていることが多いけど、父さんは動物苦手なんだよなぁ～。

「ロック、まだ食べてていいぞ」

「クゥ～！」

ロックが食事に戻る。

それを見て父さんはホッと胸を撫で下ろし、グイッと酒をあおった。

「俺とロックの出会いは……いや、それよりも、ずっと何も連絡してなくてごめん。今ここで、俺がこの2年間で体験したことを話すよ。まあ、内容的にはここ数か月の密度がすごいけどね」

村を飛び出してからのことを、俺は思い出せる限り話した。

ジューネ族の内乱のような、ウワサが広まりやすい田舎の村では絶対に話してはいけない内容はカットしつつ、今まで伝えられなかった出来事をどんどん伝える。

母さんは話を聞きながらコロコロ表情を変え、してほしい反応をしてほしい時にしてくれる。

逆に父さんは腕を組んで、静かに俺の話を聞いてくれた。

「……まあ、大きな出来事はこれくらいかな？」

俺が話を終えると、母さんはパチパチと拍手をした。

「村を出た後、ユートはずっと冒険者として頑張ってたのね……！　たとえ上手くいかなくても、自分が望んでいる姿じゃなくても、それでも戦い続けたユートだから素敵な出会いが待ってたんだって……お母さんは思うわ！」

席を立った母さんが俺の近くまで来て、頭を撫でてくれる。

「あ、ありがとう、母さん……」

みんなの前で恥ずかしいという気持ちもあるけど……それ以上に嬉しい気持ちでいっぱいだ。

「あなたも何か言ってあげたらどうなの？」

母さんは話が終わった後も黙ったままの父さんをにらむ。

父さんは酒を飲んで顔が赤くなり、目もとろんとしているが、まだ意識はあるようだ。

「……それだけの戦いを経て、よく生きて帰ってきたなと思う。生きてまた会えて……俺は感動している。大きくなったな、ユート」

「ありがとう、父さん！」

寡黙な父さんらしい小さな声だったけど、俺にはよく聞こえた。

照れを感じながらも、気持ちを伝えてくれたこと……俺も感動している。

「たまにはリィナみたいに手紙を書くんだぞ。心配する母さんをなだめるのは……大変なんだ」

「ちょっと！　それどういうこと……ッ！」

というか今気づいたけど、母さんはいつの間にか酒を飲んでいたらしい。

普段はあまり飲まないが、飲んだ時は勝気な性格がさらに強さを増す。

こうなると、父さんはもう縮こまるしかない。

「うん、これからはちゃんと手紙を書くよ。これ以上、心配させるわけにはいかないからね」

あまり内容を細かく書き過ぎると……かえって心配させてしまうかもしれない。

冒険者のランクが上がっていけば、それだけ危険な仕事も増えるからだ。

今はＣ級の俺だけど、Ｂ級昇格試験の受験資格を得る日はそう遠くない。

Ｂ級になれば、ギルドでは幹部クラス……。

ギルドマスターの片腕的存在で『サブマスター』と呼ばれる場合もある。

……出来る限り本当のことを手紙に書いて伝えたい。

危険な仕事もちゃんと生きて帰ってくれば、笑い話にもなるだろう。

もっと強くなって、勝って、生き残るんだ。

自分の名誉のために、仲間を守るために、逃してはならない敵を倒すために命を懸けるというのは素晴らしいことに思える。

たとえ死を前にしても、やらねばならないことが世の中にはある気がしていた。

でも、俺が死んで残された両親のことを想像すると……どんな理由があってもこの命を失うわけにはいかない。

生きて使命を果たすには、それ相応の力が必要だ。

強さを求めるということの意義を、この里帰りで知ることが出来た気がする。

そして、俺の中で明確な目標が出来た。

自分が強くなってもなお歴然としている差に、追いかけようと思うことすらおこがましいと感じていたあの人の——キルトさんの背中を、本気で追いかけてみよう。

それからの数日、俺は実家で思う存分羽を伸ばした。

起きたい時に起き、作ってもらったご飯を食べ、寝たい時に寝る。

村に出て人々と交流したり、小さい頃にリィナと遊んだ場所を巡ったりもした。

果樹園の中、緩やかに流れる川、ひまわり畑、坂道、あぜ道……。

子どもの頃は広く感じていた場所も、今となっては小さく感じた。

それだけ俺も大きくなったってことだな。

何だか村を出てから2年どころではない懐かしさを覚えてしまう。

こうしてノスタルジックな気分になれるのも、あと何日くらいだろうか……。

というのも俺たちは今、王都からの使者を待っている状態だ。

王城で女王暗殺が画策された以上、事態が収束したという報告を受け取らなければリィナは王都へ帰れない。

それはつまり、女王の護衛を任されている俺たちも王都に帰れないということ。

こっちの判断で動くわけにはいかない今は、くつろぎ放題で休み放題というわけだ。

ただ、まったく体を動かしていないかと言えばそうではない。

村の子どもたちにせがまれて、少しばかり剣術の指南を行っている。

俺自身まだまだ未熟者だし、人から剣術を習っている段階だ。

でも、基礎の基礎くらいは覚えているし、人に教えることが自分の修業にもなるとみんなに言われて、恥ずかしながら指南役を引き受けた。

子どもたちは真剣に俺の話を聞いてくれるから、下手なことは言えない。

キルトさんから習ったことを受け売りし、さらに俺自身の経験を混ぜ合わせて伝える。

とはいえ、この子たちが将来剣を取って戦うようなことにはならないでほしいと願うのは、ちょっとおせっかいだろうか。

俺自身、親の心配をよそに戦って生きる道を選んだもんなぁ。

どんな道を歩むにせよ、教えたことが何かの役立ってくれれば俺はそれで十分だ。

◇　◇　◇

穏やかな日々が1週間ほど続いた後、ピアザ村に1頭の馬と騎士がやって来た。

それは女王にアロサウス領の異変を伝えるために飛び出していったエウクスさんだった。

彼を自宅へと招き、俺たちは王城の状況を聞くことにした。

「いやぁ……いやぁ！　本当に皆様ご無事で何よりです……っ！」

最初にエウクスさんは、元気な俺たちを見て心底嬉しそうに笑った。

あの夜、ピアザ村を出た彼は順調に神馬を走らせ、王都にたどり着くと女王への謁見を求めた。

しかし、女王はその時イーザンの街にいたので会えるはずはなかった。

「ラコリィナ様がアロサウス領にいると聞いた時は血の気が引きました……！　ちょうどそこで謀《む》反《ほん》が起こっているとラコリィナ様に伝えに行ったわけですから、もうどうしたものかとっ！」

エウクスさんが伝えた情報に、王城に残っていた騎士や従者は心底動揺したという。

そもそも騎士の大半は暗殺計画のことは聞かされていても、女王本人が王城にいないことまでは知らなかった。

てっきり、その時も寝室にいるものだと思っていたらしい。

女王の不在を知っていた一部の騎士たちも、アーケナムの反乱はまったく想定外のことだった。

そのため、報告を受けてから動かせる戦力をかき集め、イーザンの街へと差し向けた。

「道中、私もイーザンに寄ってきましたが、あの街はすでに落ち着いています。普段の風景、普段の生活を完全に取り戻していました。領主一統への処分はこれからですが、残党もいないでしょうし、再度反乱が起こることはないと思います」

とりあえずイーザンの街は問題なし……か。

そもそもアーケナムやバラドラに抵抗する気はなさそうだったしな。

「それで王城の方ですが、暗殺者は全員捕縛しました。こちらの被害はありません。犯人は秘密結社『六々會』に所属する60名で、キルト様曰《いわ》く『悪党としては中の下』の集団らしいです。この戦力で暗殺出来ると本気で思っていたのか、それとも前座なのか……判断に困るとのことです」

王城のことは心配していなかったとはいえ、被害がなかったのは嬉しい報告だ。

60名の暗殺者たちって相当な大戦力に思えるし、本気で女王を暗殺する気だったんじゃないかな？

敵はキルトさんが守りについているなんて、考えてもいなかっただけで……。

「アーケナムの反乱を鎮圧するために戦力を動かした隙を、本命の暗殺者が狙ってくるのではないかとも考え、キルト様はしばらく王城に残っていました。その間に捕縛した犯人たちに尋問し、情報を引き出そうとしたようですが……情報を何も持っていなかったようです」

「つまり、完全に脅威を排除出来たわけではないということですね」

黙って話を聞いていたリィナがここで初めて口を開いた。

エウクスさんは黙ってうなずく。

「……それでも、王城に戻りましょう。仮に今回仕掛けてきた組織を完全に潰せたとしても、脅威が一切消えるわけではなく、他の敵がまた現れ、危険なことには変わりはありません。私が女王を続ける限り、戦いは続きますから」

「そうしていただけると、我々騎士としてはありがたいですっ！　ラコリィナ様が王城を離れていることを知らなかった騎士たちは、皆不安がってラコリィナ様のご無事を知りたがっていますので……」

「それと離れている間に溜まった仕事のこともありますね……」

リィナが生気のない表情でつぶやく。

どうやら、俺たちは早めに王都に帰った方が良いようだな。

まあ、リィナが城にいないと出来ない仕事もあるだろうし当然か。

俺たちだって冒険者としての仕事を再開しないといけない。

キルトさんが城の警備をしているのなら、今の『キルトのギルド』には受付嬢2人しかいないことになる。

依頼を受けることは出来ても、解決することは出来ない……！

「あの……今すぐ帰らないといけないの？」

おずおずとリィナに尋ねたのは母さんだ。

母さんの気持ちを察したリィナの表情が少し曇る。

「とりあえず暗殺計画を潰せたのは間違いないから、帰らないといけない……かな。女王としての仕事は王城にいないと出来ないこともあるから……」

「でも、せめて今日は泊まっていかない？　帰るのは明日の朝ってことには……」

みんなの視線がエウクスさんに注がれる。彼は慌てて言った。

「も、もちろん構いませんよ！　1日くらい問題はありません！　ラコリィナ様のお望みのままに！」

「……ということで、帰るのは明日の朝！　今日のうちにゆっくり準備をしましょう！」

リィナの決定に異議を唱える者はいない。

俺もこの家を離れるのが寂しいという思いはあるし、また両親の前から去ることに少しの申し訳なさもある。

それでも……今の俺にはやるべきことも、やりたいこともある。

だから王都に帰還し、俺はまた冒険者ユート・ドライグに戻るんだ。


そうして最後の夜、母さんはより一層豪勢な夕食を作ってくれた。

明るい雰囲気の中、みんなこの村でしか食べられない味を楽しんだ。

でも、どこかで別れの寂しさも感じていた。

忘れ物がないよう念入りに荷物を整える、お土産《みやげ》に持って帰る村の果物や野菜の入った木箱を夜のうちに馬車に積み込んでおく。

そして、早めに就寝する。

ダラダラしていたら、どんどん帰りにくくなるからな。

「あの、ユート……」

ベッドに入ろうとしたところで、母さんの声が扉の向こうから聞こえてきた。

「母さん、どうかした？」

「いや、特に何ってわけじゃないけど……お、おやすみなさい！」

扉の向こうの足音が遠ざかっていく。

何か言いたいけど言えない……そんな気持ちが痛いほど伝わってくる。

それでも、今の俺はずっとこの家にいるわけにはいかない。

俺には村の外の世界でやらないといけないことがある。

そんな気持ちが日に日に強くなっているんだ。

「クー？」

ベッドの上に乗っかっているロックが首をかしげる。

そういえば、俺はロックの両親がどんなドラゴンなのか、まったく知らないんだよな。

貴重なドラゴンの卵が、あんな崖に引っかかっていたのはなぜなのか……。

いつか、それがわかる日が来るといいな。

「明日は早起きしないといけないよ、ロック。王都に帰る日だからね」

「クー！」

しっぽを振って喜ぶロック。

ロックにとっては、生まれた場所である王都が故郷になる。

キルトさんたちに会えるのも嬉しいんだと思う。

「おやすみ、ロック」

「クゥ～」

……おやすみ、母さん。

◇◇◇

ピアザ村に朝が来た。

手荷物を馬車に載せ、いよいよ帰る準備は整った。

神馬たちも上機嫌で、しっぽがずっと揺れている。

「健康にだけは気をつけてな、ユート、リィナ」

父さんが俺たちに語りかける。

「父さん譲りの丈夫な体だから大丈夫さ！」

「忙しくても休みは作るようにするね！」

俺とリィナは出来る限り父さんを安心させようと、元気良く返事をした。

「皆さんもこんな田舎まで来てくださって、ありがとうございました」

父さんはシウルさんやフゥ、ロック、エウクスさんと神馬にも頭を下げる。

「皆さんのおかげである命です。またいつでも我が家にお越しください。出来る限りのおもてなしをさせていただきます」

深く頭を下げる父さんに、みんなたじたじといった様子だ。

俺もここまで頭を下げて感謝の意を示す父さんは初めて見たかも……。

とても……とても男らしくて、カッコいい姿だと思う。

「……母さんも何か言いたいことがあるんだろ？」

父さんは母さんの肩に手を回す。

うつむいていた母さんは、ゆっくりと顔を上げた。

「本当に……行っちゃうのね。一緒に暮らすことは出来ないのね……」

母さんの目から涙がこぼれ、場の空気が引き締まるのを感じる。

修羅場《しゅらば》が始まりそうだと、俺たち家族以外の人は思っているようだ。

でも、決意はもう揺らがない。

「俺は行くよ。今は一緒に暮らすことは出来ない」

あまりにもハッキリした答えにみんなの視線が集まる。

数秒の沈黙の後……母さんは笑い出した。

「アハハハハッ！　泣き落としなんて通用しないかっ！　でも、私の涙を見てウジウジしてたら、そのまま帰らせないように粘《ねば》るつもりだったんだけどなぁ〜！」

「この村を離れることに、何も感じないわけじゃないよ。でも、俺は村の外でやらないといけないことも、やりたいこともあるんだ。昔は無力で、魔法が使えない体質を恨むこともあった。でも、そんな自分だったからこそ出来た縁のおかげで今がある」

今はこれまでのすべてに意味があったと思える。

何も出来なかった頃の自分も愛することが出来る。

それは言ってしまえば結果論だろう。

ただ、俺は——人とは違った相棒を得て、人とは違う魔法を得た。

そういう運命を背負った以上、為さねばならないことがある。

自分が人と違って特別だというのなら、他の人には出来ないことをやらないといけない。

それが今現在の俺の考えだった——。

「偶然か、運命か……俺は頼れる相棒が出来て、最高の仲間に出会って、特別な力を手に入れた。得たものを正しく使おうと修業と仕事に明け暮れ、時には敵だった人のためにも命を懸けて戦ってきた。それを間違いとは思わないし、これからも続けるつもりだ。でも……」

今の俺にはそこに新しい考え方が加わる。

「これからは自分の命を守るためにも命を懸ける。俺が死んだら深く悲しむ人がいるって、ようやく実感出来たんだ。俺の死で母さんや父さんを悲しませるのは……死ぬ以上に怖い。だから、そんなことはあり得ないと胸を張って言えるくらい俺は強くなるよ」

俺は握った拳を自分の胸に当てる。

紅色の魔力が、胸の上で温かな輝きを放つ。

「また必ず元気に帰ってくる。そのために行ってくるよ」

母さんは父さんの胸に顔をうずめて泣いた。

父さんは歯を食いしばり、決して涙は見せまいと耐えている。

2人が話せない状態だとわかると、今度はリィナが口を開いた。

「私は後世の子どもたちが歴史を学ぶ時、笑われてしまうような女王にはならない。混沌が迫る時代だからこそ、玉座にふんぞり返って世の中を正してくるね！」

ユーモアを前面に押し出した、昔の無邪気なリィナらしい言葉だ。

重くなっていた場の空気が和《やわ》らいでいくのを感じる。

息子ではなく娘であるリィナの言葉の後なので、父さんも目に浮かぶ涙を隠さずに声を張り上げた。

「どんなに偉くなったって、ここがお前たちの居場所だ！　いつでも帰ってこい！」

母さんも俺たちに向き直り、絞り出すように言った。

「行ってらっしゃい……ユート、リィナ」

「「行ってきます！」」

神馬車に乗り込み、故郷を去る時が来た。

「では、出発します！」

「目的地はヘンゼル王国……王都ホールバーム！」

２人の騎士が神馬に指示を出す。神馬は急加速せず、ゆっくりと進み始めた。

見送りには村のみんなが総出で駆けつけてくれた。

俺とリィナは神馬車の窓から身を乗り出し、みんなの姿が見えなくなるまで手を振り続けた。


帰りの馬車の中で、リィナが両親を王城に移住させようとしていたことを知った。

今回の騒動、両親は女王の親だから狙われたわけではなかった。

しかし、これからリィナの出身地や両親の情報が徐々に広まっていくだろう。

地方の都市での出来事とはいえ、野次馬をしていた民衆の中には、他の街や領地から来た人間が確実に存在する。

彼らが他の土地で断片的でも情報を伝えれば、国家転覆や女王暗殺を狙う奴らが両親の周囲を嗅ぎ回り、襲いに来るかもしれない。

そう考えると、両親の王城への移住は理にかなったことだと思う。

ただ、両親はそれを断ったらしい。

その気持ちは十分にわかる。

慣れ親しんだ土地、やり甲斐のある仕事、そして優しさにあふれた住人……。

ピアザ村にはそのすべてがある。

王城に押し込められ、守られるだけの人生を送りたくないのだろう。

ただ、このままピアザ村にいては、賊が襲ってこないとも限らない……。

「手は打つつもりだよ。少しでも戦力をアロサウス領に置いて、あの領地そのものの治安を向上させる。悪事を目論《もくろ》む人をあぶり出し、事前に計画を潰せるようにしてみせる……！」

ずっとあの領地を治めていたアロサウス伯爵家が失脚した今なら、領地を防衛するための戦力を増強することも自然な流れとして受け入れられるだろう。

これからも両親には幸せに暮らしてほしい。

もちろん、両親の幸せは俺たちが元気に生きていることが前提条件だって、今はちゃんと理解している。

俺はみんなを安心させられるような強さを身につけるんだ。

◇　◇　◇

帰りの道中も行きと同じく順調そのものだった。

予定通りに王都へ帰ってきた神馬車は、まず『キルトのギルド』に向かった。

王都の門で出迎えてくれた王城の騎士たちの話によると、キルトさんは城内の調査と警備の指導を終えてギルドに帰ってきているらしい。

俺はあの人の背中を本気で追うと心に決めた。

だからこそ……何だか再会するのに妙な緊張を覚えてしまう。

『キルトのギルド』のギルドベースの前で神馬車が止まる。

馬車から降りた俺たちを最初に出迎えてくれたのは……。

「おっかえり、ユーくん！　ほっほー、これがキルトも認めた次世代を担う冒険者かー！」

……見ず知らずの女性だった。

肌は浅黒く、自然のままに伸びた薄いピンク色の長髪、射抜かれそうな鋭い目が印象的だ。

魔獣の牙をつなげたネックレス、革を自分で縫い合わせて作ったような……そこらへんでは見かけないワイルドな衣服も目立つ。

年齢は30代前半……？　キルトさんよりはさらに大人に見える。

まるで大の仲良しのように俺に抱き着いて、現在進行形で頭を撫でている……！

「おっと！　他の子も愛《め》でなければ！　こっちは超レア属性『紫電』を持つシウルっちで……」

「ターナー……みんなびっくりしてるよ。そこらへんにしておいてくれない？」

キルトさんが現れ、ターナーと呼ばれた女性の肩を掴む。

心底呆れていそうな声色は、それだけキルトさんとターナーさんが親しい関係である証拠。

親しい人間と話す時のキルトさんは、よく感情を表に出す。

「確かに部外者の私よりギルドマスター様が先かぁ！　ほら、存分に愛でてあげるんだ！　相当な苦難を乗り越えて、彼らは今ここにいるのだから！」

「その前にみんなに自己紹介しなさい、ターナー」

「むぅ……気取っちゃってさ。ちょっと前は『ユートくんがこのまま田舎に帰っちゃったらどうしよう……』ってずっと心配してたくせに……ぐおっ!?」

キルトさんがターナーさんを羽交い締めにする。

少しだがキルトさんから殺気が漏れたような……。

「じゃあ、まずはターナーから愛でようかな。私なりのやり方で……」

「あ、あの、ゴメンナサイ……。からかい過ぎたことを反省しています……」

「これ以上調子に乗ったら、執行部《しっこうぶ》の時のように私が満足するまで模擬戦だ」

「ハイ……！」

キルトさんはターナーさんを解放する。

そして、ターナーさんは涙目になりながら自己紹介を始めた。

「ターナー・ネクスタリアです！　これでもＡ級冒険者で、キルトと同じくグランドギルド執行部出身の独立組です！　といっても、私の場合はギルドを立ち上げず、ソロで活動してるんだけどねっ！　執行部の経歴とＡ級冒険者の肩書きがあれば、そういう生き方も可能なんだぞ〜！」

流石はＡ級、復活が早い。

キルトさんとは親しい関係だと思っていたけど、グランドギルド時代の同僚とはなぁ。

出会った頃、キルトさんは人付き合いが苦手で気楽にやるために１人のギルドを立ち上げたと言っていたけど、彼女を慕う人間は結構多いように思える。

もちろん、人付き合いが苦手なことと慕う人が多いことは両立する。

キルトさんが孤独な人間ではないということはハッキリしつつあるな。

「今回の女王暗殺計画に対する作戦には、ターナーも参加してもらったんだ。私は女王を狙いに来る主力の確保。ターナーは王国騎士団を狙う戦力の確保。私１人じゃ広い城内をカバーし切ることが難しかったから声をかけたんだ」

キルトさんが事情を説明すると、ターナーさんは激しくうんうんとうなずいた。

そして、さっきまでと同一人物とは思えない穏やかな声色で話し始めた。

「キルトに頼ってもらえてすごく嬉しかった。この子も人として成長したんだなって、母親みたいな気分になっちゃったよ。グランドギルドに入ってきた頃は誰にも心を開かずに、力だけで自分の存在意義を示そうとしていたキルトが……」

「そ、そういう話は夕食の時に取っておいて……！　私たちは今、女王様を待たせてるんだから」

照れているのか、ターナーさんの言葉を遮るキルトさん。

でも、その判断は正しい。まだリィナが神馬車から降りられていないのだから……！

下町にきらびやかな神馬車は目立つ目立つ。

ここを誰かに襲われたら……あっ、戦力が充実してるからむしろ確保しやすいか。

とりあえずリィナを神馬車から降ろし、神馬車は先に王城へと帰る。

「まあ、犯人たちはかなり念入りに尋問したし、城内と周辺の調査もしっかりやったから、現段階で女王に奇襲を仕掛けてくるような輩はいないとは思うけどね」

キルトさんが穏やかな口調で言う。

あくまでも現段階ではだけど、王都はかなり平和みたいだな。

「キルトさん、本当にありがとうございました。今の王国騎士団の戦力だけでは、犠牲を出さずに襲撃を乗り切ることは出来ませんでした」

ギルドベースに入って早々、リィナとサザンカさんが深々と頭を下げる。

キルトさんはすぐに手を振って頭を上げるように促す。

「冒険者として報酬の分の仕事をしたに過ぎませんよ。女王様が深々と頭を下げるほどの働きはしていませんから」

「それでも、私たちは救っていただいた立場ですので」

「王国騎士団の中にも、見込みのある子たちがいました。才能を持ち、努力をいとわず、あなたへの忠誠心がある。彼らを大切に育ててあげてください。いつか必ずあなたの剣となり、盾となり、この国を守る力になってくれますから」

「……はい！」

リィナたちが頭を上げた後、俺たちはテーブルに着いた。

「おかえりなさいませ、ユートさん」

受付嬢のアズキさんが冷たい飲み物を出してくれた。

「ありがとうございます、アズキさん。俺たちがいない間、何か困ったことはありませんでしたか？」

「急ぎの依頼は他のギルドに回し、期限に余裕のある依頼だけを受けてありますので、特に問題はありません。また、ユートさんと一緒に仕事が出来て……その、嬉しいです」

「俺もまたこのギルドで一緒に仕事が出来て嬉しいです！　実家とはまた違う感覚ですけど、ここも俺の居場所なんだなってホッとします」

自分の居場所があるというのは、とても幸せなことだとわかる。

この居場所を守るためにも、復帰後はバリバリ仕事をこなさないと！

「アズキさん！」

「は、はいっ！　何でしょう？」

「俺、少しくらい難しい依頼でも挑戦してみますから！」

やる気を見せたつもり……だったが、アズキさんは表情を曇らせる。

「えっと……良い心がけとは思いますが、実力に見合った依頼をこなして、実績を積み重ねていくことが、難度の高い依頼を受ける一番の近道だと思います。無理をして大怪我をして、後遺症に苦しんでほしくありませんから……」

あっ……アズキさんは怪我のせいで、冒険者を辞めた過去があるんだった……！

「す、すみません！　強くなりたいからって調子に乗ったことを言いました……！」

「いえ、その気持ちは若い冒険者なら誰もが抱くものですから……。それを承知の上で皆さんを導くのが受付嬢の仕事です。焦らずともユートさんが難度の高い依頼を任される日は近いと思います。なんてったって、このギルドの２番手で勲章を持つ有名冒険者ですから」

「あ、ありがとうございます。これからもお世話になります！」

アズキさんに出してもらった飲み物を一気に飲む。

ちょっと熱くなり過ぎてたかもな。

焦りは禁物……キルトさんは少し急いだくらいで追いつけるような人ではないんだから。

「みんな、飲み物は行き渡ったかな？」

キルトさんが確認を取ると、受付嬢のクリムさんが「はいはい！」と元気よく返事をした。

アズキさんと話している間に、クリムさんがみんなに飲み物を配ってくれたみたいだ。

「じゃあ、報告会といこうかな」

王城で起こったこと、アロサウス領で起こったこと——２つの事件について情報が共有される。

特に俺たちアロサウス組が伝える情報量は多い。

Ａ級指名手配犯グレゴーアと妖刀のことや、王神器《レガリス》を持ったまま没落した貴族の末裔バラドラ、そして魔聖剣シュガーナイトメアのことも当然伝える。

「まさかアロサウス領でそんな野望がうごめいていたとは……。流石に私も知らなかったな」

キルトさんは腕を組んで難しい顔をする。

俺たちはあくまで冒険者だ。犯罪や反乱に対していつも目を光らせているわけじゃない。

毎度毎度タイミングが良いのか悪いのか、重大な事件に巻き込まれた結果、何とか事態を収拾しているに過ぎないんだ。

「本当にみんなご苦労様だったね。特にユートくんは余計なことを考えず、心置きなくご両親に会ってほしかったんだけど、とんだ再会になってしまって……」

「いえ、このタイミングで帰省出来たからこそ、俺は両親を助けることが出来たんです。それに両親とは素直な気持ちで話すことが出来ました。勝手に家を飛び出したことを謝って、自分のやりたいことを伝えて……これで少しは成長出来たかなって思ってます！」

俺の言葉を聞いて、表情を曇らせていたキルトさんが柔らかに微笑む。

「それなら喜ばしい限りだ。ユートくんは元から立派な志を持っていたけど、今はそれに相応《ふさわ》しい実力と実績も備えている。きっと、ご両親も自慢の息子だと思っているだろうね」

「そう思ってくれてると嬉しいです。でも、親孝行はこれから頑張らないと……」

キルトさんは「立派だ……」とつぶやいて、うんうんとうなずく。

そう言えば、キルトさんが自分の家族の話をしたことって一度もないような……。

そんなことを考えている間に、話題は「今回の敵勢力について」に変わっていた。

「女王暗殺を企てた『六々會』と、アーケナムおよびバラドラとの関わりはそんなに深くないみたいだ。お互いに計画を立て、利害とタイミングが大体一致したから同時期に仕掛けただけ……そんな感じらしい」

関わりがそんなに深くなかったからこそ、女王暗殺計画の情報を事前にキャッチ出来ても、アーケナムの反乱については知ることが出来なかったんだな。

「大したことない戦力で攻めてきたから、本命が後から来るのかと思ったけど、あれから何も動きがない。やっぱり、あの程度の戦力で女王を暗殺出来ると考えていたみたいだね」

敵からすれば、S級冒険者のキルトさんがいるなんて考えもしなかっただろうからなぁ……。

キルトさんの存在が敵にバレていたら、きっと敵も襲撃を中止しただろう。

「襲撃に来た奴らは全員捕獲したけど、どこからか私が城を守っていたという情報が漏れてもおかしくはない。すでにこのギルドが敵対勢力から女王派と思われ張られている可能性もある。私たちも外を出歩く時は十分に注意しないといけないね」

「キルトさんの不在を狙って、このギルドベースが襲撃されることもあり得ますよね……。これからは誰か1人はギルドに残って用心棒をしないと……」

「いや、このギルドベースの中は安全さ。危険を感じた時はみんなに迷惑がかかるなんて考えず、真っ先にこのギルドベースに逃げ込んでくれたらいいからね！」

キルトさんが笑顔で言い切った。

このギルドベースは窓が多いし、木造建築だから壊すことをいとわなければ、侵入経路はいくらでもある。

しかし受付嬢2人の戦闘能力はあまり高くない。

元冒険者のアズキさんは、脚をかばいながらでもC級程度の実力があるらしいけど、キルトさんは彼女がいるから大丈夫と言っているわけではないだろう。

ここに住んでそこそこ経ったけど、まさか俺の知らない仕掛けが隠されているのか!?

一体、どんな強力な罠が……！

「すみません。私を守るため、危険なことに巻き込んでしまって……」

そう言ってリィナが申し訳なさそうな顔をする。

すると、隣に座っていたフゥがその肩をバシッと叩いた。

「そんなしょぼくれた顔をするものではない。ジューネ族の次期族長として、我々と友好的な王を守らない理由はないのだ。ここにいる全員、それぞれの理由でそなたを守りたいと思っている。嫌々とか仕方なくではない。そうであろう……シウル？」

すっかりリィナと親しくなって敬語を使わなくなったフゥ。

そして、急に話を振られたシウルさんは目を見開いて驚く。

「あ、えっと、そりゃ当然ですよ！　この国を良くしてくれそうだし、年もまあ近い方だし、危なっかしくて放っておけないところもあるし……！　あのご両親を悲しませるようなことにもしたくないです！」

「……ということだ。守られるだけの価値があると、自分に自信を持て。自分が倒れたらこの国が混迷を極めると、そなたも実感しているだろう？」

「はい……私を殺そうとする人たちにこの国は任せられません。父が作った穏やかな時代は、私が引き継いで見せます。陰すら照らす『輝《ひかり》の時代』を作るために……！」

うつむき気味だったリィナの背中がピンと伸びた。

近い立場のフゥだからこそ、言える言葉があるよな。

「あぁ～、この国の未来は明るいね～。でも、あんまり若者たちだけで背負い込むんじゃないよ」

ターナーさんが席を立ち、座っているキルトさんの肩をガッチリと掴む。

「世の中、敵ばかりじゃない。1人で抱え込む前に大人に相談するべきだ。特にこのキルトは今までたくさん敵を作ってきたけど、それ以上にこの子に救われたって人間も多い。私みたいに、呼べば来るくらいの恩を感じている奴は結構いるからね」

「呼んだら来てくれる人って、そんなに多いかな？」

キルトさんが首をかしげる。

ターナーさんは思わず苦笑いだ。

「昔のあんたが生意気過ぎて、素直に感謝出来なかった奴も多いんだよっ。でも、キルトから素直にお願いすれば必ず協力してくれる！　駆け出しギルドマスターさんも、誰かに頼るってことを覚えておきなさい。どんなに強くても、１人で守れるものはそう多くないんだからね！」

ターナーさんがキルトさんの肩を掴んで前後に揺らす。

頭をぐわんぐわん揺らされながら、キルトさんは「誰が来るかな……」と考え込んでいる。

「クワゥ！　クワゥ！　クワゥ！」

ロックが真似をしてリズムよく頭を振っている。

さっきまで昼寝をしていただけあって元気いっぱいだな。

「リィナ様、そろそろ……」

小声でサザンカさんがリィナに耳打ちする。

「そうだね……。そろそろ城に帰らないと、騎士や従者たちが待ちくたびれちゃうね」

リィナはそう言って立ち上がった。

「皆さん、本当にありがとうございました。これからもよろしくお願いします！」

ギルドの前には神馬車の代わりに地味で目立たない馬車が到着していた。

でも御者はやたらと体格がいいので、おそらく彼らは腕の立つ騎士だろう。

王城へと帰るリィナにみんなが応援の言葉をかけて見送る。

もちろん、俺もだ！

「これからは定期的に謁見しに行こうかな、女王様」

「ふふっ、こちらからお茶会に呼びつけるから適度に予定を空けておくことね、竜騎士様」

「クゥ！」

俺の代わりにロックが返事をする。

リィナは笑顔で馬車に乗り込み、王城へと帰っていった。


「さて、次は晩御飯の話だね。リィナちゃんも一緒に食べてくれたら良かったけど、流石に夜まで帰らなかったら騎士たちの士気に関わるから仕方ないかな」

「代わりに私が食べていくから喜べ、キルト！」

「……ターナー、料理出来たっけ？」

「サバイバル料理は得意さ！　でも、とても人様の口に入れられるようなものではない！」

「ああ、そうだった……。じゃあ、いつも通りユートくんにお願いしてもいいかな？」

キルトさんは振り返り、胸の前で両手を合わせる。

少し頭を傾けてお願いするところは、すごく愛嬌《あいきょう》がある……。

「俺の料理で良ければ、ご馳走しますよ」

「やった！　久しぶりにユートくんの手料理が食べられるなぁ～」

こんなに喜んでくれるなら、料理の腕も気合を入れて磨いていかないとな。

また、この王都でやりたいことが増えた。

「あ、ユートくん。ついでに聞いておくけど……」

「何ですか？」

「私の背中に何かついてる？」

キルトさんは俺の目を真っすぐに見て尋ねてきた。

「え……」

キルトさんの背中を追うと決めてから、「そういうことではない！」とわかっていつつも、物理的に彼女の背中をよく目で追うようになっていた……。

その視線をキルトさんは察知していたんだ。

視線すらも感じ取るキルトさんの鋭い感覚……。

この事実だけでも冒険者としての実力差をひしひしと感じる。

キルトさんの背中を追うという目標も見透《みす》かされているような気がしてきた。

「いえ……ただ、見たいから見てました」

俺は素直に返したつもりだった。

もう、彼女の背中を追うことを大それたことだとは思わない。

自分が追いたいと思ったから追う……その気持ちをシンプルに伝えたのだ。

しかし、キルトさんは「えっ!?」と言って視線を泳がせ、照れ臭そうに笑った。

「そ、そうなの……？　まあ、減るもんじゃないし好きなだけ見ても……いいよ」

好きなだけ見てもいいと言いつつ、キルトさんは俺に背中を向けないように後ずさりし、そのまま逃げるように訓練所の方へ走っていってしまった。

あれ？　まさか、俺が勝手に考えを見透かされたと勘違いしただけ……？

「ユーくん……君、意外と大胆だな！　キルトの心をあそこまで揺さぶるとは！」

ターナーさんが背後から俺の肩を掴み、ぐわんぐわんと揺さぶる。
マ、マズい……！　この勘違いは非常にマズい……！
これでは俺が開き直った変態みたいではないか！

「クワゥ！　クワゥ！　クワゥ！」

ロックが揺さぶられる俺の真似をしている！

夕食を作る前に絶対誤解を解くからな……！

「は、放してください……！　俺はキルトさんを追わないといけないんです……っ！」

閑話一　ピンクローズガーデンでお茶会を

後の歴史書に『アロサウスの乱』と記される事件から数週間後——。

とりあえずの事態収束と城内の安全確保が完了したとして、女王ラコリィナ・バーム・ヘンゼルが王城へと帰還した。

騎士や兵士、女王の従者たちは主君の帰還を大いに喜んだ。

しかし、無邪気に喜んでいられたのも束の間——捕まえた暗殺犯の尋問や収監、この度の事件のより詳しい捜査などで、王城内はバタつくことになった。

リィナも王城を離れていた間に溜まっていた仕事の片付けに追われ、ようやく落ち着いた頃には帰還から1週間ほどが経過していた。


「う〜ん！　仕事終わりのバラの香りは格別ですなぁ〜！」

本日の仕事を早朝から初め、早々に終わらせたリィナは王城の中庭にいた。

そこはピンク色のバラが咲き乱れることから、ピンクローズガーデンと呼ばれていた。

「大変お疲れ様でした、リィナ様。あんなことがあった後だというのに、教育係の方は少々厳しいように思います。リィナ様のことを思えば、仕事が遅れるくらい……」

女王お付きのメイド——サザンカはかなり不満顔だ。

「まあ、タフさも女王様に求められるものだから仕方ないよ。ただし、あの教育係のおばさんが私に厳しいのは認める！　あれじゃお目付け役というよりお局《つぼね》だよ……」

「リ、リィナ様……！　それをご本人の前では絶対に言ってはダメですからね……！」

「それくらいの常識は持ってるつもり！　あのおばさんはかなりのベテランだし、良家の出身でもあるからね。しかも、顔が広くて能力も確か……下手なこと言って反女王派になられたら怖いなんてものじゃない！」

女王ということで、その身の回りは女性で固められている。

ぶつかり合う女のプライド、光より速く広がるウワサ、弾丸のように飛び交う嫌味や小言――。

今のところそうそう血は流れないが、リィナもまた危険な戦いに身を投じているのだ。

そんな中で、このピンクローズガーデンは癒《い》やしの空間だ。

ここはリィナが許可を与えた人間しか立ち入ることは出来ない。

面積が広いので、大声で叫ばない限り話し声が外部に漏れることもない。

女王ラコリィナではなく、少女リィナでいられる数少ない聖域なのだ。

「イーザンの戦いの後から、自分の感覚がとても鋭くなった気がするの。五感が研ぎ澄まされて、人の気配も察知出来る。最近は曲がり角の向こうからの足音で、誰が来るのかわかるのよ？　きっと、強くなった今のユートも同じような感覚を持ってるんだろうなぁ～」

「リィナ様がお強くなるのは大変喜ばしいことです。ただ、剣術の指南役を吹っ飛ばしてしまわれるのはやめた方がいいと思いますが」

「あ、あれは模擬試合の時に本気で来いって言われたから、やっちゃっただけなんだからね！」

仕事以外にも剣術や魔法、王族としてのお作法、王国の歴史なんかも叩き込まれているリィナ。

体を動かすのは好きだが、お作法やお勉強はあまり好きではない。

「……むっ！　誰かが私のピンクローズガーデンに近づいてくる！」

スッとおしゃべりを止めて周囲を警戒するリィナとサザンカ。

つい最近城内に60人ほど暗殺者を送り込まれたばかりだ。

あれからもちろん城内の警備体制は見直しているが、何分若い騎士や兵士が多い。

油断やミスで生まれた穴を突かれて、また侵入を許す可能性はある。

――だが、今回に関しては警戒する必要はなかったようだ。

「クーーーッ!!」

「あ、ロックちゃんだ！」

城門も城壁も飛び越えて、ロックがピンクローズガーデンにやって来た。

城の人々もロックのことを知っており、顔パスで女王に直接会うことを許されている。

「クゥ！」

ロックは前足で挟んで持ってきた手紙をリィナに手渡す。

それは数日前からギルドベースで寝込んでいるユートから送られたものだった。

これまでも大きな戦いの後にはよく寝込んでいたユートだったが、アロサウスの乱の後は実家でよく休むことが出来たので、王都に帰ってきた後も調子良く仕事をこなしていた。

しかし、キルトという明確な目標を定めたがゆえの向上心が裏目に出た。

アズキのアドバイスで依頼を受けるペースは落としても、仕事の現場で苦戦している他のパーティを見かけるとついつい助けに入ってしまっていた。

そうして予定外の戦闘を繰り返した結果、またもやユートは寝込んでしまったのだ。

「ありがとうね、ロックちゃん。そろそろユートも元気になったかなぁ〜。寝込んじゃうほど人を助けるってのはユートらしくていいんだけど、家族としては心配しちゃうよね〜」

「クゥ、クゥ！」

ロックは「そうだ、そうだ」と言うように首を縦に振る。

ユートと共に何度も他のパーティを救ってきたロックだが、そのタフネスは流石のドラゴン。疲れを見せることはまったくない。

なので、こうして寝込んだユートとリィナの文通のお手伝いをしているのだ。

ロックに手紙を持たせれば、奪われる心配もないとリィナが考案したのだった。

「ふむふむ……おっ、昨日の時点で普通に体を動かせるくらいにはなってるのね。なら、ずーっと延期してたお茶会は明日ってことにしても問題なさそうかな？」

何か理由をつけてユートと直接会う機会を増やしたいと思っていたリィナは、仕事が一段落ついたタイミングでユートとギルドの仲間たちをお茶会に誘った。

しかし、間が悪いことにユートが寝込んでしまったので、延期になっていた。

「元気になった後すぐに呼び寄せないと、また新しい仕事を入れちゃいそうだからね！　病み上がりの体を元気にするお茶とお菓子を用意してお誘いしましょう！」

「クー！」

美味しいものが食べられそうな予感に、ロックは元気良く返事をする。

「そうと決まれば、早めにお返事を書かないとね。サザンカ、紙とペンをちょうだい」

「かしこまりました」

サザンカが持ち歩いている紙とペンを取り出すと、それを受け取ったリィナはピンクローズガーデン内にある東屋《あずまや》のテーブルに手紙を置いた。

「……あっ！　そういえば、お菓子の材料ってまだ残ってたっけ？」

紙にペンを走らせる直前、リィナはハッとしてサザンカの方を見た。

見られたサザンカは「えっと……」とハッキリしない様子だ。

ここ最近、リィナは空いた時間を使ってお菓子作りに挑戦していた。

城の厨房の一画を借り、ユートや『キルトのギルド』のメンバーにお茶会で振る舞うために、シェフから教わりながら日々腕を磨いている。

サザンカはお菓子作り以前に料理が出来ないため、リィナがお菓子作りに没頭している間は材料運びや味見役を担当していた。

「申し訳ありません……。材料運びをしていたにもかかわらず、何がどれくらい残っているかまでは把握していませんでした……」

「いや、これは私の責任よ。だって、お菓子を作るのは私なんだからね。手紙を書く前に、材料の在庫を確認しに行きましょう」

「クー！」

せっかく城まで来たので、ロックも厨房についていきたい様子だ。

従魔というのは、いくら知能が高くパートナー以外の人間の言うことを聞けるとしても、基本的には本来のパートナーと一緒に行動し、仕事を行うことが推奨されている。

なので、ロックもシウルやフゥの仕事にはついていかず、ギルドに残って店番をしたり、ユートの看病をしたりしていた。

ということで、ちょっと暇しているところだったのだ。

「うんうん！　ロックちゃんも一緒に行こうね！」

リィナを先頭に、一行はピンクローズガーデンから厨房へ向かう。

城内を普通に女王が歩いているものだから、すれ違う人々はギョッとして慌てるばかりだ。

しかも、今日は女王の横にドラゴンまでいる。

「ここに来たばかりの頃は、私が通る度に頭を下げさせて悪いなって思ってたけど、今ではそんなに気にならなくなったかも」

「それもまた女王の資質だと思います」

廊下《ろうか》の端に寄って頭を下げる城の人々に、リィナはねぎらいの言葉をかけながら笑顔を振りまく。

その姿には女王としての風格がある。

「さてさて！　城の厨房はここよ、ロックちゃん」

「クゥ～！」

王城の大厨房の広さに驚くロック。天井付近まで飛んで全体を見渡す。

お昼ご飯を前に、厨房は慌ただしい様子である。

リィナたちは作業をしている人々の邪魔をしないようにコソコソと中に入り、厨房の奥の材料倉庫にあるリィナ用の棚をチェックしていく。

「……ぜ、全然足りない！　ちょっと気合入れて練習し過ぎた！」

砂糖、バター、小麦粉……どれももう少ししか残っていない。

ミルクや卵は当日に新鮮なものを用意するとしても、他の材料がこれだけ少なくては当日に全部買い揃えるというわけにもいかない。

「今日の内に買い物に行って準備しないと！」

王都の中心街に行けばすべての材料が手に入る。

王国で最も栄えた街というだけあって、各地から質のいい逸品が集まってくるのだ。

しかし、サザンカはリィナの発言に目を丸くした。

「まさか、リィナ様ご自身が買いに行かれるおつもりで……？」

「もちろん！　私が作るんだから、今回の材料は私の目で見て選びたいもの！」

ここ最近は忙しくて城の外へ出られていなかったリィナ。

それが久々に街へ出られる理由が得られたのだ。それを使わない手はない。

一方、サザンカは「やれやれ、そんなことだろうと思った……」という表情だ。

「あのですね……リィナ様はこのヘンゼル王国の女王で、最近も暗殺者を送り込まれたばかりなわけで……王都といえど安全は保証出来ないのですよ？」

「そ、それはわかってるけど……たまにはお忍びで街を視察とかしたいじゃない？　ほら、変装していけばバレないかも……！」

「敵はプロばかりですよ。変装で騙せるのは一般市民が限界でしょう。リィナ様が動くとなれば、もしもの時のために警護も必要になるわけです」

「む、むうぅ……それもわかってるけど……」

「なので、隠密《おんみつ》近衛《このえ》隊《たい》を同行させます」

「お、隠密近衛隊!?」

サザンカの答えにリィナは驚きの表情を見せる。

「確か隠密近衛隊って……国王を陰から警護し続ける秘密部隊だったよね？」

「はい、その通りでございます。今もどこからかリィナ様を見ているはずです。本来は王城外での警護は別の部隊に頼むのですが、少し目立ち過ぎてしまいますので……」

リィナはそこかしこをきょろきょろと見回す。

隠密近衛隊がいつもリィナを守っていると聞かされているが、その気配を感じ取れたことは一度もない。それは感覚が鋭くなった今も変わらない。

「お風呂も覗かれてるんだよね……ああ、女王様にはプライバシーがないっ！」

「お風呂は丸裸で武器も防具も持っていませんから、古来より暗殺の場に選ばれやすいのですよ。ヘンゼル王国の歴史を振り返っても、お風呂中に殺された王族貴族は数知れず……無意味に覗いているのではなく、あくまでも警護だということはご理解ください」

ちなみに入浴中や寝室の警護は女性隊員が行っている。

「まあ、いつもご苦労様とは思ってるよ？」

「それにリィナ様はいつもワタクシと一緒にお風呂なわけで、そもそも……」

「サザンカは特別！」

「ふふっ、それは光栄です」

リィナとサザンカがじゃれている間、ロックは周囲に気配がないか探っていた。

ドラゴンの五感をもってしても、この場に自分たちや厨房のシェフ以外がいるとは思えない。

なのでより感覚を研ぎ澄まし、居場所を探してみようと考えていた。

「ロック様、あまり彼らを捜してあげないでくださいね。必要なタイミング以外で誰かに見つかると、評価が下がってしまうのが彼ら隠密近衛隊ですから」

「ク〜」

サザンカのお願いにロックは素直にうなずいた。

本当は見つけてみたかったが、わざと誰かに迷惑をかけるのをロックは良しとしない。

「いつも見てくれてるってことは、今こうしてお出かけするって話をしてるのも彼らには伝わっているってことかな？」

「そういうことになります。リィナ様が王城の外に出るとなると警護の人数を増やさなければならないので、今頃は裏でバタバタしているかもしれませんね」

「私が動けば、それだけたくさんの人に迷惑がかかる……でも、私だってたまにはお出かけしたいし……」

「自分が多くの人を動かしていることを自覚したうえで判断すれば良いのです」

「……うん、決めた！　やっぱり私、お菓子の材料を自分で買いに行きたい！」

リィナの決断にサザンカは深くうなずいた。

「かしこまりました。では、ワタクシもお供します！」

「クゥ！」

ロックも右の前足を挙げてお供したいとアピールする。

「ふふっ、ロックちゃんもついて来てくれるんだね！　ロックちゃんが一緒にいてくれたら、私も安心だよ！」

「クゥ〜！」

任せておけと言うようにロックは首を縦に振る。

「でも、ロックちゃんがなかなか帰ってこなかったら、ユートが心配するんじゃないかな？」

リィナの問いに対して、ロックは前足で物を口に運ぶようなジェスチャーを披露する。

「クゥ、クゥ、クゥ！」

「あっ！　何かおやつを食べてから帰ってくるって言ってあるのね！」

「クー！」

ロックの言いたいことを理解出来たリィナは「むふー！」と得意げな表情を見せる。

ユートがいなくても意思の疎通は可能なのだ。

「それじゃあ、買い物の準備をしましょう！　普段のドレスじゃ目立つから、同年代の女の子が着るような服を探さないとね！　それと顔をごまかせるサングラスがあるといいかも！」

「お忍び用の服は常備してあります。リィナ様のお部屋で着替えましょう」

「クー！」

こうしてリィナとサザンカとロックのお忍びお買い物計画はスタートした。

◇　◇　◇

「よしっ！　お着替え完了！」

自室に戻ったリィナは、ピンクの髪に似合う白いシャツとベージュのスカートを身にまとった。

顔を隠すために色の濃いサングラスをかけ、準備はバッチリだ。

「これでも高貴なオーラがにじみ出ちゃってるかな～？」

リィナは変装しても良家のお嬢様感はある。

だが、王都の中心街にはお金持ちの子息や子女がそれなりにいるので変に目立つことはない。

「ワタクシの変装はこれで良いのでしょうか……」

サザンカは普段より少し地味めのメイド服に着替え、体の見えるところに巻き付けていたバンダージェムを服の内側に引っ込めている。

そして、黒のロングヘアーだった髪形はツインテールへと変わっている。

「メイド服を地味なものに変えるのはまだしも、髪形をこんな若い子がするようなものに変えてしまっては、悪目立ちしてしまうような……」

「いいの、いいの！　サザンカだって若いんだから。よーく似合ってるよ！　ねぇ、ロックちゃんもそう思うよね？」

「クー！」

ロックには髪形のことはよくわからないが、リィナに求められたので気持ちのいい返事をした。

そんなロックは変装……ではなく、サザンカが背負うリュックの中に入れられていた。

流石にドラゴンのロックを変装でどうにかするのは無理だったのだ。

かなりの有名人——有名竜であるため、そのままの姿で歩いていれば絶対に目立つ。

そして、目立てば相棒の竜騎士ユート・ドライグが隣にいないことが騒がれるだろう。

そうなれば、ユートの代わりにドラゴンを連れている人物は何者なんだと、周囲の興味を引いてしまうこと間違いなし。

申し訳ないと思いつつも、ロックは見えないように隠す以外なかった。

「ごめんね、ロックちゃん。窮屈《きゅうくつ》な思いさせちゃって……」

「クゥ！　クゥ！」

リュックから頭だけを出してロックは笑う。

こういう扱いには慣れている。ユートと出会ったばかりの頃は、こうして目立たないようリュックに入れられていた。

今ではすっかり竜騎士の相棒であることが定着し、姿を隠さず出歩いても悪党に狙われないどころか、むしろロックが悪党を捕まえる立場になった。

ロック自身もそういう自分の成長を誇らしいと思っている。

「お金は持ったし、買ったものを入れる袋も持った。これで忘れ物はないかな？」

「クー？」

ロックがリュックから前足を出し、ぶんぶんと前後に振る。

リィナは少し考えた後、その意図を察した。

「……あ、武器は持っていかないのってこと？」

「クゥ！」

ロックはうなずいた。その脳内にはまだ、イーザンですさまじい力を発揮した王家の秘宝――魔聖剣シュガーナイトメアのイメージが残っている。

ゆえに今日はそのヤバい代物《しろもの》を持ち歩かないのかと、リィナに確認を取ったのだ。

危ない武器ではあるが、少なくともあれがあれば大抵の暗殺者を撃退出来る。

「あれは有事の際にしか持ち出さない武器なんだ。暗殺計画を回避するために王城を抜け出した時はお守りとして持っていったけど、流石に近所にお買い物に行くだけなら必要ないかな」

「ク～！」

ロックは少し安心した。自分だけであの剣の暴走を抑えるのは苦労しそうだと思ったからだ。

「もしもの時はワタクシのバンダージェムで敵を抑え、隠密近衛隊の助けを借りれば問題ありません。そのうえ、今はあんな事件があった後ですから、街の巡回を強化してあります」

リィナが女王になって以降、ヘンゼル王国の王都ホールバームの治安は向上している。

無駄な税の使い方を是正し、浮いた分を現場の騎士や兵士の拡充のために使っていることも、その理由の1つだろう。

後は下町に拠点を構える『キルトのギルド』が本格稼働し、近所をうろつく悪党どもを片っ端から捕まえまくっていることも大きい。

「緊急時にはロックちゃんもリュックの中から出てきていいからね。まあ、危ないことは何も起こらないと思うけど一応ね」

「クー！」

ロックはスポッとサザンカの背負うリュックに引っ込んだ。

いよいよ女王一行が街に繰り出す――。

◇◇◇

昼前の王都の中心街はあわただしく人が行き交っていた。

お昼ご飯の前に午前の仕事を終わらせたい人、仕事に区切りをつけ人気料理店の座席確保に動く人、屋台で軽食を買って立ち食いしてる人……。

いろんな人がそれぞれの目的のために動いている。

サングラスをかけた少女の正体が何者なのかを確かめたがる暇人はいないようだ。

「時間帯が時間帯なので人が多いですが、お菓子の材料を売っている店まで混んでいるということはないでしょう。用意したメモの通りに材料を買い進めていけば……」

「サザンカ、アレを食べましょう！」

メモを見ていたサザンカが顔を上げ、リィナが指さしている方向を見る。

そこには最近王都で大人気の洋菓子店があった。

「リィナ様、あそこは洋菓子店ですが、材料は売ってくれませんよ」

「だけど、私の大好物のアレが売ってるんだもん！　せっかくお店まで来られたんだし、焼き立てのアレを食べたいなぁ～」

リィナは上目遣いでサザンカを見つめる。よほど食べたい物があるようだ。

「……わかりました。溜まっていたお仕事を片付けて、立派にお役目を果たしたご褒美です」

「やった～！　じゃあ、今のうちに並びましょう！　お昼ご飯の前だから、お菓子のお店は空いているみたい」

比較的空いている状況でも並ばないと手に入らない洋菓子――それはバームクーヘンだ。

ヘンゼル王国の富裕層の間では古くから親しまれている洋菓子で、金属の棒を芯としてそこに生地を流しかけては焼くということを繰り返し、樹木が年輪を増やすように太くしていく。

そうして一定の太さまで焼き上がったら、芯の棒を抜いて完成だ。

手間暇かけて作られるその独創的な見た目は、味と同じくらい人々を惹《ひ》き付ける。

王都の中心街に店を構える洋菓子店ならば、大体どこでもバームクーヘンを作っている。

その中でもリィナは『リングース』という洋菓子店のバームクーヘンにドハマりしていた。

いつもは従者に買ってきてもらったものを城で食べているが、今は店が目の前にある。

ここで焼き立てバームクーヘンを食べないという選択肢はリィナになかった。

「焼き立てのバームクーヘンには生クリームが合うんだよ、ロックちゃん！」

「クゥ……！」

バームクーヘンを初めて食べるロックは、リュックの中でワクワクしている。

ロックの好物はどちらかといえばこってり系。濃い目の味が付いたお肉が大好きだが、甘い物だって嫌いではない。

「リィナ様、店内は混んでいますのでテイクアウトして外で食べましょう」

「うん、その方が良さそうね」

リングースの店内にはカフェスペースも用意されていて、そこで洋菓子とドリンクを楽しむことも出来る。

しかし、すでに座席は満席に近い。

それに店内に長時間留まればリィナの正体がバレるリスクも高まる。

ここはバームクーヘンをテイクアウトし、店の外で物陰に隠れて食べるのがベストだ。

「バスケットバームクーヘンを1つ、お願いします」

順番が来たので、サザンカが代表して注文を伝える。

バスケットバームクーヘンとは、厚紙を折って作られたバスケットの中にカットしたバームクーヘンを大量に盛り、その上からこれまた大量の生クリームをかけた一品だ。

みんなでシェアしながら食べれば盛り上がること間違いなし！

胃もたれしそうな組み合わせに思えるが、リングースの生クリームのなめらかさと後味の爽《さわ》やかさはお客さんから一種の魔法と呼ばれるほどで、お年寄りでもぺろりと平らげることが出来る。

「でも、サザンカ……それだとカットされたバームクーヘンだから、ロックちゃんに穴の開いたバームクーヘン元々の姿を見せることが出来ないんじゃない？」

「それは確かに……。あの、普通のバームクーヘンも追加でお願いします。こちらは今食べるのではなく、持ち帰りで」

お菓子の材料を買いに来たのに、いきなり完成品のお菓子を持ち帰ることになった一行。

それでもロックに、輪っかの状態のバームクーヘンを間近で見せてあげたかったのだ。

「まあ、焼き立てと冷ました後ではまた違う美味しさがあるからね」

バームクーヘンを購入したリィナたちは、そそくさと店を後にする。

そして、店の横の路地に高く積み上げられた木箱を見つけ、その陰に身を隠した。

「ここならロックちゃんをリュックから出しても見つからないかもね」

「とはいえ、全身を晒すのはリスキーです。リュックから上手く頭だけを……」

「クゥ！」

ロックは状況を理解していた。

リュックから頭と前脚だけをひょこっと出し、リィナにバームクーヘンを口に運んでもらう。

「ロックちゃん、あ〜ん！」

「ク〜ゥ！」

生クリームがたっぷりついたバームクーヘンをぱくりと食べた瞬間、ロックはその優しい甘さと柔らかさに目をキラキラと輝かせた。

「クゥゥゥゥゥゥーーーーーーッ！」

前脚を上げてバンザイのポーズ。さらに喜びの雄叫びを上げる。

「うんうん、喜んでくれて私も嬉しい！　でも、あんまり叫んじゃダメだよ……！」

「クゥ……！」

ロックは「しまった……！」と言うように前脚で口を押さえる。

美味しさに感動するあまり、お忍びのお出かけ中だということを忘れていた。

頭のいいロックに大事なことを忘れさせるほどの美味しさが、バームクーヘンにはあったのだ。

「じゃあ、私もいただきま〜す！　もぐもぐ……ああっ、焼き立ての柔らかさがたまらないっ！」

「リィナ様もお静かに……！」

ロックに注意したにもかかわらずリィナも叫んでしまう。

やはり、それほどの美味しさがリングースのバームクーヘンにはあるし、店の外でバームクーヘンを食べている他の客も「美味しいィィィ！」と叫んでいる。

おかげでリィナが叫んだだけで悪目立ちすることはなかった。

「サザンカも食べて食べて！」

リィナは木製のフォークで刺したバームクーヘンをサザンカの口に運ぶ。

「では……いただきます」

バームクーヘンを口に入れ、それが舌に乗った瞬間——サザンカは叫ばなかった。

叫びたい気持ちをグッと抑え、目も口もギュッと閉じて震えている！

「……とっても美味しいです。まあ、ワタクシを叫ばせるほどではありませんでしたが」

「サザンカ、バンダージェムが緩んで地面に垂れてるよ」

「ハッ……!?」

サザンカの体に巻き付けられていたバンダージェムが、ただの包帯のように力なく地面に垂れ下がっている。

これはサザンカの精神力が相当緩んだ証拠——リングースのバームクーヘン、恐るべし。

「本当は叫びたいくらい美味しかったです……」

観念したようにサザンカは言った。

それを見たリィナは得意げに笑い、また1つ自分の口にバームクーヘンを放り込んだ。

そうして彼女たちがバームクーヘンを楽しんでいると、同じようにコソコソと身を隠すようにしながらバームクーヘンを食べる女性が近くにやって来た。

本当ならここでロックをリュックに隠すべきなのだが、バームクーヘンに夢中になっていたリィナとサザンカはそのことにまったく気づけなかった。

そして、ロックと女性の目が合った――。

「クー？　……クゥ！　ク～！」

ロックはその女性の顔に見覚えがあった。すぐに誰なのかを思い出し、前脚を振って挨拶する。

「……んぐっ⁉　あ、あ……喉に……！」

女性の方は驚きのあまり頬張っていたバームクーヘンを喉に詰まらせた。

そこでリィナたちも女性の存在に気づき、持ってきていた水筒のお茶を急いで飲ませる。

「大丈夫ですかっ⁉」

「あ、ああ……ありがとう。こんなところで会うとは思わなくって……心の準備がな」

その女性――鍛冶師のコーボ・レープクーヘンは涙目になりながら答えた。

「クゥ……」

ロックはコーボを驚かせたつもりはなかったが、結果として喉に詰まらせてしまったことを申し訳なく思い頭を下げる。

「いや、そんなしゅんとしなくてもいいんだよ……。相変わらず生きた魔獣が苦手な俺も悪い」

「ロックちゃんとお知り合いなんですか？」

リィナが純粋な疑問を述べる。

コーボは「ああ！」と答えたが、すぐにその表情が険しくなっていく。

「待てよ……？　何でこのドラゴンがあんたらと一緒にいるんだ？　そいつの相棒は竜騎士ユート・ドライグのはずだ。まさか、誘拐犯なんてことは……！」

「ち、違いますっ！　私はこういう者です！」

リィナはポケットに入れていた指輪をコーボに見せる。

それは王家に連なる者だけが持つ特別な指輪だ。

これを先代国王から送られていたからこそ、南の果てのピアザ村に住んでいたリィナを王家の血筋だと判断することが出来たくらいすごい代物だ。

ただ、一般国民はそこまで王家に詳しくないので、指輪を見せたところで「高そうな指輪だなぁ」くらいの反応しかない場合もある。

「それは……王家の指輪じゃないかっ！　すげぇ！　本物だぁ！」

流石は一流の職人コーボ・レープクーヘン――。

王家の指輪の知識も持っているし、それに使われている特殊な加工技術も理解していた。

簡単にはコピー出来ない技術が使われているからこそ、この指輪は王家の証明になる。

「ということはあんたら偉い人かいっ⁉　俺としたことがとんでもない無礼を……いや、偉いからって悪い人間じゃないとは限らない。どうしてそのドラゴンと一緒にいるのか説明してくれ！」

相手が偉いかどうかは関係ない。

そんな姿勢のコーボをリィナは気に入った。

ゆえに誠心誠意、なぜロックと一緒にいるのか、そしてユートとの関係も全部説明した。

「……理解した！　どうやら、あんたらは偉いどころか王様で、しかもいい人だったみたいだな……これまで無礼なことを言ったが、どうか水に流してくれ……です！」

「いえいえ、こちらもまさかユートの武器と防具を作ってくださった方とは知りませんでした。ユートとロックちゃんとの関係をよく知っている人からすれば、私たちとロックちゃんが一緒にいるのは怪しく思えますよね」

「まあ、そうなんだけど……よく考えればこのドラゴンが暴れてない時点で、誘拐でも何でもないって理解するべきだったと反省してる……ます」

「ふふふ、別に普段通りにしゃべってください。特に今はお忍び中なので、普通に接してくださるとこちらも助かります」

「そうかい？　じゃあ、そうする！」

コーボは無邪気な子どものようにニカッと笑った。

燃えるような赤い長髪、浅黒い肌、日々工具を振るって引き締まった肉体は健在だ。

今日は普段着のタンクトップの上にジャケットを羽織《はお》っている。

「いやぁ、それにしても昼休みにおやつを食べに来たら女王様と出くわすとはなぁ～」

「コーボさんはよくこのお店に来るんですか？」

「来る……かな！　でも、俺はこう見えて男勝りで無骨な職人って思われてるからさ。休憩になったら急いで流行の洋菓子店に並んで甘いものをバクバク食ってる、なんてところを見られると、『コーボの工房』のイメージが変わっちゃうんじゃないかって気になってさ……」

　コーボは王都の中心街に店を構える『コーボの工房』の代表にして、ヘンゼル王国の中でもトップクラスの武器防具職人だ。

　ゆえに自分のイメージが店の経営に影響を与えることを懸念している。

「気にする必要ないですよ！　むしろ、そういうギャップがグッと来る人の方が多いと思います！　カッコいいだけじゃなくて、かわいいところもあるんだって！」

「そうかい？　やっぱり、そうなのかな……？」

　リィナの言葉にまんざらでもない表情を見せるコーボ。

「あんたの兄ちゃんのユートは『仕事をキッチリこなしていれば、普段食べてるものまで気にする人なんていない』って無難なことを言ってたけど、流石女王様は言うことも一味違うな」

「まあ、ユートは女の子の喜ばせ方とか、あんまりわかってませんからね～」

　ユートの名前が出たところで、今度はリィナからコーボへ質問する。

「コーボさんはユートとよく会ってるんですか？」

「よくって言うほどは会ってないな。定期的に武器と防具のメンテナンスをするから、その時に世間話をする程度さ。本当は凄腕職人の俺とそうそう会えるもんじゃないんだが、あいつの使ってる装備は竜の産物だからなぁ。あれを扱えるのは俺ぐらいしかいないんだから仕方ない！」

竜の牙から削り出された竜牙剣。そして、ロックが生まれてきた卵の殻《から》を加工して作られたチェストプレートとキャップ型のヘルム。

どちらも特殊な性質を持っているため、生半可な技術の職人に扱うことは出来ない。

ゆえに製作者であるコーボ自らが毎回メンテナンスを行っているのだ。

「あれほどすさまじい力を秘めた剣を作れるなんてすごいです……！」

イーザンの戦いでは暴走状態だったリィナだが、ユートの竜牙剣からあふれ出す異常な力は本能で感じていた。

あれは魔聖剣シュガーナイトメアと肩を並べるくらい特別な剣だと――。

「ん～！　褒めてもらえるのは嬉しいんだが、あの剣に関しては俺の腕より素材の力が大きい。作ったのもまだまだ俺が未熟で、自分の店も持っていない頃だったからな」

コーボはキルトと出会った日のことを思い出す。

「グランドマスターと一緒に俺が務めていた工房にやって来たキルトは、いきなりドラゴンの牙を使って武器を作れと依頼してきたんだ。その工房には腕利きの職人が集まっていたが、ドラゴンの素材で武器を作ったことがある奴なんていない。みんな怖気づいて、自分がやると手を挙げる奴はいなかったんだ。そう、俺以外はな！」

ドヤッと得意げな顔を見せつけるコーボ。彼女の話はまだ続く。

「もちろん、俺もドラゴンの牙で武器を作ったことなんてなかった。だが、ここでやると言わなきゃ、二流の職人で終わっちまいそうな気がしたんだ。そして、キルトはためらいなく俺にドラゴンの牙を預けてくれた。貴重な素材であるにもかかわらずだ。それで俺も本気で仕事と向き合うことが出来たわけだな！」

「何だか運命的な出会いですね……！」

「まっ、キルトからすれば、依頼を受ける気がある奴が俺しかいなかったってだけなんだろうけどさ。それでも、こっちとしては何も言わずに仕事を任せてくれると嬉しいわけよ」

　コーボは少し照れ臭そうに言った。

「ドラゴンの牙は不思議な素材で、俺は導かれるように２本の剣を作った。それを受け取った時、キルトは少し笑って『ありがとう』と言ってくれた。当時のあいつにしては珍しい笑顔とお礼だった。今でも覚えてるよ」

　昔を懐かしむように語るコーボ。

　その話を聞いていたリィナの頭の中に、１つの疑問が浮かんだ。

「キルトさんって、どこから来た人なんでしょうか？」

　リィナが知っているのはその強さだけ。

　だが、付き合いの長いコーボならばもっとキルトのことを知っているのではないか……。

「きっといつか本人が話してくれるさ。あいつもかなり丸くなったしな。何より俺が話すのは荷が重いってな！」

コーボは笑ってごまかした。これ以上の詮索《せんさく》は無意味のようだ。

「キルトは器用なようで不器用な奴だ。本心を隠して裏で悪いことを考えているなんてことはない。どうかこれからも仲良くしてやってくれ」

「もちろんです！」

リィナの力強い返事を聞いて、コーボは嬉しそうに笑った。

「おっと、そろそろ俺は行かないとな。バームクーヘンだけじゃなくて、普通の昼飯も買って帰らないといけないんだ。この時間はどこも混んでるからなぁ……ってことで、じゃあな！」

コーボはバームクーヘンを頬張りながら小走りで去っていった。

「あっ、明日のお茶会にお誘いすれば良かったかも……」

リィナは「しまった……！」と思ったが、よくよく考えると、明日いきなり女王様から呼び出されるのは、行くにしても断るにしても困るだろう。

コーボをお茶会に呼ぶのはまたの機会にするとして、今は明日作るお菓子の材料のことを考えなければならない。

「そろそろ本題に移るとしますか。バームクーヘンも食べ終わったし」

「クー！」

リィナたちは用意したメモを頼りに、お菓子の材料を買いに行くことにした。

◇　◇　◇

「流石は我が国で最も発展した街ね。珍しい材料もお金を出せばお店で手に入るもの」

1時間ほどかけて順調に材料を買い集めたリィナたち。

メモに記されたものの8割はすでに手に入っていた。

「もしもの時は今日の夜や明日の朝にでも従者たちに買いに行かせますので、どうかリィナ様は無理をなさらず……」

「大丈夫、大丈夫！　田舎生まれの足腰を舐めないでよねっ！」

大好物のバームクーヘンを食べて元気いっぱいのリィナ。

未だにその正体を見破られていないし、トラブルにも巻き込まれていない。

しかし、平和に時間が過ぎていくと退屈してくるのがリュックの中のロックだ。

バームクーヘンを食べてからは特に何かを食べる機会もなく、なかなか外にも出してもらえない。

なのでチラチラとリュックのフタを開けて外の景色を眺めていた。

目移りするほどいろんなものがある王都の中心街で、地味な服を着たメイドの背負うリュックに注目する者などいない。

リュックの隙間から覗くロックの視線に気づく者もまったくいなかった。

ただ、リィナたちが中心街を少し外れた通りに入り、とある店の前を通り過ぎた時……ロックは思わず声を出してしまった。

「クゥ！」

そして、その声を聞き逃さない者がここにはいた。

「むむっ、トカゲさんの声が聞こえたっ！」

肉屋『フリッシュ・フライシュ』の看板娘リンダ・フライシュは確信した。

ロックがこの近くにいることを……！

「どこ、どこ？」

ちょうどお出かけ前で店先に出ていたリンダは、ぶんぶん頭を左右に振って通りを行き交う人々を観察する。

そして、サザンカの背負ったリュックから顔を出すロックを発見した。

「あんなところにトカゲさんっ！」

リンダは駆け出し、サザンカのスカートにしがみつく。

突然スカートを引っ張られたサザンカは臨戦態勢を取るが、すぐにそれが幼い女の子であることに気づく。

「あ、あの……どうかされましたか？　ワタクシはお母さんではありませんが……」

「どこの子だろう？　迷子かな？」

リンダと会ったことがないリィナとサザンカの反応は淡泊《たんぱく》だが、リンダの方はロックが知らない人に連れていかれると思っているものだから真剣そのものだ。

「トカゲさんをどこに連れていくの⁉　お兄ちゃんはどこ⁉」

トカゲさんとはロックのことだが、リィナたちにはピンと来ない。

当然お兄ちゃんもこの子の実の兄のことだと思い、どう答えていいものか迷ってしまう。

「リンダお嬢様！　知らない人についていってはいけません！」

サザンカにしがみつくリンダを引き剥がしたのは、水色のメイド服を来た女性だ。

ぴょこぴょこと外にはねた金髪、頬のそばかす、右目を覆う眼帯が特徴的だ。

サザンカは一目見て、この女性が同業者であり、かなりの手練れだと理解した。

ここで指す同業とはメイドのことではなく、要人の身辺警護のことだ。

「放してメグ！　この人たちはトカゲさんを誘拐しようとしてるのっ！」

「クゥ、クゥ、クゥ！」

「あっ、トカゲさん！　……え、この人たち悪い人じゃないの？」

「ク～！」

たまらずロックが姿を見せぬまま鳴き声でリンダを説得する。

それを聞いてリィナたちもリンダがロックの知り合いだと察し、なぜいきなりしがみつかれたのかを理解する。

「えっと……ここじゃ何だから、どこか落ち着けるところで話そうか！」

リィナがそう提案すると、リンダは「こっち！」と言って彼女らを肉屋の裏手に案内した。

そこには肉屋の2階に通じる外付けの階段があった。

「1階はお肉屋さんで、2階は私たちのおうちなの！」

「なるほど～、住居兼店舗ってやつだね」

「私たちのおうちならトカゲさんも安心でしょ？」

「クゥ～！」

買い物の途中だが、リンダのことを無下に扱うことも出来ない。

というか、こうなってしまってはリンダがロックをそのまま行かせることはないだろう。

リィナたちは休憩のつもりでフライシュ家にお邪魔した。

「えっ……！　お嬢様の暴走をお止めした方が良いんでしょうか……!?」

雇われたばかりのメイドのメグはただただ困惑し、その答えを同業者のサザンカに求めた。

「えっと……ワタクシたちはお嬢様と初対面なのですが、この子はどうやら大の仲良しのようで」

「クゥ！」

リュックからロックが顔を出した。

「こ、こちらの方は……リンダお嬢様が言っていたトカゲさん！」

メグがロックを初めて見たにしては驚かないのは、リンダから散々トカゲさんのお話を聞かされていたからだった。

「というか、この方はトカゲではなくドラゴンでは……」

「メグ～！　お客さんにお茶をお出ししなさい！」

「あっ、はい！　そうでした！」

メグの率直な感想をスルーし、リンダは客人をもてなす準備をさせる。

リンダの両親は仕事中なので、２階のリビングはリンダが入ってくるまで無人だった。

「トカゲさんはどうしてこの人たちと一緒にいるの？」

「クー！　ククゥ、ク～！」

リンダもリィナやユートと同じように、ロックの言葉を理解することが出来る。

「えっ！　ピンクの子はお兄ちゃんの妹なの？　でも、あんまり似てないね」

「クゥ……！」

ユートとリィナは血がつながっていないので似ていなくて当然だが、それをリンダに説明するのは面倒な気がしたロック。

ここは似ていない兄妹ということにしておいた。

「初めまして、ユートの妹のリィナです！　今日はユートがお休みだから、私がロックちゃんと一緒にお買い物をしてたんだ」

リィナはとりあえず自分の身分は隠しておくことにした。

「ふぅ～ん！　じゃあ、そっちのメイドさんは妹ちゃんのお友達？」

リンダはサザンカの方を見る。

友達となるとメイド服を着ているのが不自然だが――。

「そ、そうなの！　私のお友達でメイド服を着るのが趣味なんだ！」

「はい……！　メイド服、好きです……！」

明らかなごまかしだが、リンダには通用したようだ。

特にそれ以上サザンカのことを掘り下げてくることはなかった。

「あら？　ただのお友達なんですか？　てっきり、私は同業者かと思いました。身のこなしとか、立ち振る舞いとか、明らかにそちらのリィナさんを守るような動きだったので」

しかし、お茶を持ってきたメグがサザンカの話題を蒸《む》し返す。

彼女も同業者の気配を感じ取っていたのだ。

ただのメイドではなく、要人警護の観点から……。

「あっ、申し遅れました！　私はメグ・ガーダーといいます。元は東の国境警備隊にいたんですが、右目をやられたため除隊して、実家のある王都に戻ってきたんです。今はこうしてリンダお嬢様のメイド兼ボディガードをさせていただいてます」

現在、ヘンゼル王国は他国と戦争していない。

だが、国境付近では、国をまたいで人身売買や違法薬物の密輸を行う輩が後を絶たない。

そういった犯罪組織との戦闘で負傷する兵士は今なお出続けているのだ。

「おおっ、国境警備隊とは……！　素晴らしい！」

「王国を守るために働いていただいて、ありがとうございました！　傷病手当はちゃんと支給されましたか？　未支給やピンハネされているようでしたら、私が担当者を処罰して……」

座っていたサザンカとリィナは思わずガタッと立ち上がってしまった。

女王として国境を守っていた元兵士に、礼を言わなければならないと思ったのだ。

しかし、身分を隠したいこの状況でそれはマズかった……。

リィナはサングラスまで外して、その顔をメグとリンダの前に晒してしまった。

「ん……？　あなたはもしや……」

地方から上京してきたばかりのメグでも、その顔には見覚えがあった。

本物の女王なのだ。似顔絵などはどこにでも出回っている。

「あわ、あわわわっ！　ラコリィナ女王陛下――」

メグはそこでフリーズした。突然の出会いに脳の処理が追い付かなくなったのだ。

「こらっ、メグ！」

リンダが調子の悪い魔法道具を叩いて直すようにメグの尻を叩く。

「あっ、すみません！　でも、まさか本物のラコリィナ女王陛下とお会い出来るだなんて……！」

「本当はお忍びのお買い物だったんですけど、メグさんとリンダちゃんにならバレても問題なさそうですね」

「わ、私のことなんてアレとかソレとか呼んでいただければ結構ですから！　国境警備隊にいた時から私は……いえ、私たちはラコリィナ様のことを尊敬していました！」

「ありがとうございます。でも、私は地方の治安維持や国境警備に関して、抜本的な待遇改善が出来たわけではありません」

「いえ、そんなことないです！　私は怪我で辞めちゃいましたけど、みんな給料が上がって喜んでました！　お金は真心です。それをたくさんくれるってことは、それだけ私たちのことを必要としてくれているってことですから！」

リィナが女王になって以降、税金の使い道も大きく変わった。

先代国王は温厚だったが、少々金の使い方にルーズなところがあった。臣下に勧められたから、王子たちにせがまれたから……という理由はあれど、無駄としか言いようのない消費がたくさんあった。

リィナはよくわからない金の流れはすべてぶった切り、そのお金を騎士や兵士の給料、インフラなどの公共事業に回した。

その結果、税金で私腹を肥やしていた一部の王族や貴族から恨まれることになったが、代わりに騎士や兵士からの評判が上がったのである。

「正直、地方はお金だけじゃなく人員も足りていませんから、不埒《ふらち》な輩を国境で完全にシャットアウトとはいきません……でも、みんな頑張ってるんです。出来る範囲でやれることをやってるんです。それが評価されたら嬉しいんです」

　メグは拳を握り、熱く語った。

　その後、語りかけた相手が女王だったことを思い出し、申し訳なさそうに体を縮こまらせる。

「あ、あの……すみません。無礼なことを言いました……」

「いえ、素晴らしいお言葉でした！　地方を守る戦力の増強……もっと真剣に考えます！」

　両親を処刑されかけて以降、リィナはアロサウス領の防衛戦力増強を考えていた。

　だが、アロサウス領だけでなく、王国のすべての地方に人員と資金が必要なのだ。

「私は今日、メグさんにお会い出来て良かったです！」

「そう言っていただけると嬉しいです……！」

　リィナとメグは固く握手を交わした。

　その間、リンダはロックに余った肉や骨を食べさせていた。

「難しい話してるね、妹ちゃんたち。トカゲさんにはわかる？」

「クゥ～！」

「わかるんだ～！　トカゲさんは賢いねぇ～」

　それからしばらく、リィナたちはお茶をいただきながら談笑した。

　そして、まだお菓子作りの材料が揃っていないことを思い出し、そろそろ失礼しようと立ち上がった。

「じゃあ、私たちも一緒にお買い物に行く！」

そもそもリンダとメグはお出かけしようと思って外に出ていたのだ。

ならば、一緒にお買い物をすればいいというのは自然な流れだ。

「メグがいてくれるから、これからはたくさんお出かけ出来るの！　1人だとお母さんとお父さんに危ないから出かけちゃダメって言われるけど、メグが一緒なら大丈夫！」

元国境警備隊の腕を買われてメグはリンダ付きのメイドになった。

右目の視力を失っていても、体に刻まれた戦いの記憶は薄れていない。

そこらへんのチンピラや人攫い程度なら、素手でも叩きのめせるだろう。

「ボディガードは自信あるんですけど、メイドとしての家事はあんまり出来ないんですよね～」

「ワタクシも同じく家事炊事掃除は苦手です」

サザンカはメグの言葉にしみじみと共感した。

「それじゃあ、みんなでお買い物に出発！」

「お～！」

「ク～！」

右手を上げるリンダの真似をして前脚をピンと伸ばすロックだった。

◇◇◇

時は夕暮れ——今日も俺は体を休めることに一日を使ってしまった。

「いや、体を休めるのも大事な仕事だよな。『使ってしまった』と思うのはやめよう」

しかしながら、今回は大きな戦いの後でも体調を崩さずに済んだと思ったんだけどなぁ。

ピアザ村から王都に帰ってきてしばらくは調子良かったんだけど、頭で考えてる以上に張り切り過ぎて、体がついて来ていなかったんだろうか。

何にせよ、キルトさんの背中はまだまだ遠い……。

「クゥーーーッ！」

「おっ、ロックが帰ってきたか」

夕暮れの空を飛んで、ロックが俺の自室の窓に降り立った。

そのしっぽには何かが入った袋がぶら下げられていた。

「おかえり、ロック。なかなかの大冒険だったみたいだな」

ロックの帰りが想定より遅かったため、俺はリィナに付き合わされていたことを察する。

それを肯定するようにロックはうなずいた。

そして、しっぽにぶら下げてある袋を渡してくる。

「クゥ、クゥ！」

「お土産ありがとう。中身は……おおっ、リングースのバームクーヘンか！　流石は女王様、いいお店をご存じだ」

あまりスイーツに詳しくない俺でも、リングースのことは知っている。

このバームクーヘンは夕食の後、ギルドのみんなで分けて食べることにしよう。

「他には……手紙が入ってるな。きっと、お茶会への招待状だろう」

俺の体調不良でお茶会を延期してしまったからな……。

ゆえに元気になったと報告すれば、すぐにお茶会に呼ばれると考えていた。

その考えの通り、手紙はリィナの字で書かれたお茶会の招待状だった。

返信は不要、明日この手紙を持って王城のピンクローズガーデンに来い……とのこと。

「クー！　クー！」

「わかってる、ちゃんとお誘いを受けるさ。明日も仕事は入れてないからね」

招待状には誘いたいだけ知り合いを誘って構わないと書いてある。

つまり、これはギルドのメンバーを呼んで来いってことだろう。

俺が仕事を抜けた分、みんな忙しいかもしれないからなぁ……。

お茶会が開かれる明日の午後だけ、ちょうどみんな仕事がないなんて奇跡が起こってくれない限り、ギルドのみんなを誘うことは難しいだろう。

「でも、聞くだけ聞いてみよう！」

「クゥ！」

バームクーヘンを持って部屋を出て、階段を下りていく。

偶然にも1階のホールにはメンバー全員が揃っていた。

「あら、ユートくん。体の方はもう大丈夫かい？」

受付嬢の2人と一緒に、今日受けた依頼を確認していたキルトさんがこちらを振り返る。

「はい、軽い仕事なら十分こなせるくらい体力も戻ってきてます！」

「そんなこと言って、まーた無茶して倒れるのがユートでしょ？　おとなしくもうしばらく休んでおきなさい」

シウルさんがやれやれといった表情で言う。

これが図星で反論出来ないのが、今の俺の弱点だよなぁ……。

「それでユート、その手に持っている袋は何だ？」

お客さんから預かった魔法道具を修理しているフゥが袋に興味を示した。

「これはロックのお土産さ。まあ、買ったのはリィナだと思うけど……。ほら、王都の中心街で人気の洋菓子店リングースのバームクーヘンだ」

「ほう、いいセンスだな。流石は一国を預かる女王からの土産だ」

『キルトのギルド』は俺以外は女性の職場だ。

女性だから甘いものが好き……というのは安易な考えかもしれないが、このギルドに関しては間違いのない土産のチョイスだった。

「ご飯の後にみんなで分けて食べましょう。それとこれは出来ればでいいんですけど、リィナが明日お茶会を開くと言ってまして……」

俺は招待状に記されたお茶会のことをみんなに説明した。

王城の中庭にある、桃色のバラが咲くピンクローズガーデン――。

その中にテーブルを置いて、バラの鮮やかさと香りを楽しみながら、リィナの手作りお菓子を食べるんだ。

「行くわ！　私は行く行く！　明日はちょうど休養日にしてたし！」

真っ先に食いついたのはシウルさんだった。

ちょうど休みの日とは良い巡り合わせだ。

「私も行くとするかな。明日に入れていた仕事は別に急ぎのものでもないし、何よりジューネ族の次期族長として、女王のお誘いを断るわけにはいかん」

フゥも参加の意思を表明する。

余裕を持って仕事のスケジュールを組んでおけば、いざという時にズラすことも出来るか。

「それじゃあ、私も行こうかな。フゥちゃんと同じく仕事はずらせるからさ」

あまり甘いものというか、食べ物に興味がなさそうなキルトさんだけど、お茶会には結構乗り気のようだ。

たくさんの人が来てくれたら、リィナも喜ぶだろうな！

「そのお茶会って、私たちみたいな女王様とあんまり接点がない人も行っていい感じ!?」

ガタンッと椅子から立ち上がったのは受付嬢のクリムさん。

なぜか同じ受付嬢のアズキさんの手も引っ張って立たせる。

「ちょっとクリムさん、私たちまで参加してはギルドの業務が……それに私たちのような者を王城に招き入れてくれるはず……」

「いえいえ、リィナは熱烈歓迎だと思いますよ！　このギルドのメンバー全員を誘うことをリィナは想定していると思いますから」

「そ、そういうものですか……？」

困惑気味のアズキさん。

でも、彼女たちだってピアザ村から帰ってきた時にリィナと会っているし、あのリィナが「受付嬢の人は呼ばないで！」なんて言うはずがない。

リィナが料理を手作りする時は、それはそれは大量に作りたがる。

だから、ピアザ村にいた頃なんかはご近所に料理を分けて回っていた。

「クリムさんもアズキさんもぜひ来てください。その方がリィナも喜びます」

「それはありがたいのですが、ギルドの業務の方は……」

「あっ……」

そうだ、受付嬢の2人までお出かけするとギルドは空になる。

そうすると、依頼を受けることも出来なくなるんだ。

「いいじゃん、いいじゃん！　たまには午後の受付を休んだってさ！　中小規模のギルドは割と臨時休業してるよ！」

どうしてもお茶会に行きたいのが伝わってくるクリムさん。

全体を丸め込むべく、声がどんどん大きくなる。

「……まあ、確かに。午前は受け付けて午後から休みということにすれば、そこまで影響はないかと思います。今から臨時休業を知らせるチラシを作って、玄関扉に貼っておきましょう」

「そうそう！　それに最近はここらへんに新しいギルドが増えてきてるからね。緊急の用件に対応して名声を上げたい若者たちがいるから、急ぎのお客さんがいても安心よ！」

そう、最近この下町に冒険者ギルドが増えてきている。

というかギルドだけじゃなくいろんなお店が出来ていて、少し前まで廃墟《はいきょ》だった建物が新しく建て直されてるのをよく見る。

その原因は……きっと俺たちだろうな。

この『キルトのギルド』が本格稼働してから、周辺に潜伏していた悪党が一掃されつつある。

それは悪党を見かけ次第俺たちが捕まえて、憲兵団に引き渡しているからに他ならない。

結果として周辺の治安が良くなり、下町でもお店を構えてみようという人が増えたんだ。

そして、新たなギルドが、活気付いた下町を拠点に選んでいるというわけだな。

まっ、冒険者としてライバルが出来るのは歓迎だ。

利益至上主義で依頼者に迷惑をかけるなら許せないが、人々の生活を思えば依頼に対応出来る窓口が増えるに越したことはない。

俺たちも誰かに必要とされるべく、日々腕を磨くだけさ。

「ということで、『キルトのギルド』の全メンバーは明日お城にお呼ばれするわよ～！」

アズキさんの参加決定をもって、お茶会に全員参加が決まった。

リィナもきっと喜んでくれることだろう！

◇　◇　◇

翌朝――王城の厨房にて。

「さぁて、やってやりますか！」

一国の女王が朝っぱらから厨房に立つ――。

それはかなり異様な光景だが、そもそもお菓子作りの練習で何度も厨房には立っている。

そのため、シェフたちはリィナの姿を見つけても、彼女からのアクションがない限りは挨拶することもない。もはや見慣れた存在なのだ。

「卵やミルクは取れたてのものを用意しました。それ以外の材料は昨日買ってきたもので十分足りているはずです」

菓子作りのアシスタントはサザンカの役目だ。

しかし、サザンカも王家に仕える由緒ある家系のお嬢様……。

さらには一族の後継者の証であるバンダージェムに選ばれし者……。

幼い頃から身の回りの世話は家の者にやらせて、戦闘と一般常識以外の教育はあまり受けてこなかった。

要するに、サザンカは料理が出来ない。

「サザンカは材料の出し入れと片付け！　それと時間を計る係！」

「了解です、リィナ様！」

「では、お菓子作り……始めぇ！」

自分に号令をかけ、冷めても問題ないお菓子から作り始めるリィナ。

だが、すでに彼女は心のどこかで思っていた。

ちょっと作る予定のお菓子が多過ぎじゃないか……と。

（きっとユートは『キルトのギルド』のメンバー全員を連れてきてくれる。そんな予感がする。だから、このお菓子の量は多過ぎることはない。でも、私とサザンカで午後までに完成させるには多過ぎるかも……！）

1つのお菓子を大量に作るのではない。多種多様なお菓子を用意したいのだ。

それだけ工程は増えるが、今日はリィナが女王として王都に来てから、初めてユートを招いてのお茶会になる。

自分の血筋を知り、ピアザ村を出て王都に向かうと決めた時、リィナの不安な心を支えてくれたのは、先に村を出たユートが王都にいるはずということだった。

連絡こそよこさなかったが、期待通りユートは王都で生きていた。

それがリィナにとってどれだけ嬉しいことだったか……。

兄妹ゆえに照れ臭くて伝えられない、感謝の気持ちというものもある。

たくさんの手作りお菓子と美しい桃色のバラに囲まれたお茶会は、言葉では伝え切れないユートへの気持ちそのものだった。

だがしかし、気持ちだけではこの状況を乗り切れないかもしれない……。

そうリィナが思っていると、厨房の入口から声が聞こえてきた。

「ふふっ、朝っぱらから女王様だけを働かせるわけには……いかないわよね」

「これまた、盛大に材料を並べたものだな」

厨房に現れたのはシウルとフゥだった！

今日は仕事の予定がないため、お茶会がある午後まで暇だった2人は、早めに王城に乗り込んできたのだ。

「私たちもいるよ！　お兄ちゃんの妹ちゃん！」

「まさか女王様のお茶会に私がお呼ばれすることがあるなんて……！」

シウルたちと一緒にリンダとメグもやって来た！

昨日一緒に買い物をしている時、リンダたちもお茶会に誘っていたのだ。

まだ仕事なんてないリンダと、そのリンダについて回ることが仕事のメグ。

彼女たちも必ず来てくれるとリィナは想定していた。

だが、こんなに早く駆けつけてくれるとは思っていなかった……！

「みんな、ありがとう！　今ちょっと作りたいお菓子が多過ぎてピンチなの！　だから、良かったらお手伝いをお願いします！」

リィナに頭を下げられると、王国で暮らす人間は慌てるしかない。

人に大事なお願いごとをする時は頭を下げるという行動も、女王がやるのでは意味が違う。

その場にいる全員がやる気になって、厨房へとなだれ込んでくる。

「それで皆さん、お菓子を作ったことはありますか？」

リィナの質問に、４人全員首を横に振った。

「こう見えて料理は全然よ！」

「私も魔法道具は作れるのだが、菓子はちょっとな」

「まだお母さんに教えてもらってない！」

「サバイバル料理は得意なのですが……」

それを聞いた時にリィナが見せた心底呆れたような表情を、４人はしばらく忘れることが出来なかったという。

いつもの笑顔で隠し切れなかった「何をしに厨房に来たの？」という心の声……。

背筋がゾクッと震える感覚を味わった４人は、慌てて自分に出来ることを主張し始める。

「あっ、ボウルに入れたものをかき混ぜることは出来るわよ!?」

「盛り付けとか洗い物くらいは任せてくれ……！」

「私ね、味見する！」

「えっと、う～ん……腕っぷしには自信があるので、ナッツ類を砕くとか……？」

どうにか協力しようという彼女らの姿勢に、一瞬心を闇に支配されかけたリィナが正気に戻る。

（いけない……！　そもそも手伝う必要すらないみんなが、私のことを想って厨房に駆けつけてくれたのよ！　本当のところは、午後まで待てずに厨房の様子を覗きに来たくらいな気もするけど、大事なのは今手伝おうとしてくれていること。深読みせずに、心から感謝すべし！）

リィナは心を入れ替え、いつもの笑顔を取り戻す。

「ありがとうございます！　では、私の指示通りに動いてください」

「「「「了解！」」」」

パティシエ担当のリィナと、サザンカを含めた5人の助手という特殊過ぎる人員配置。

それでもお菓子作りはその速度を増していった。

◇◇◇

「正午を過ぎましたし、依頼者もちょうど途切れましたね。そろそろギルドを閉めましょうか」

俺が確認を取ると、キルトさんはにこやかにうなずいた。

「そうだね。チラシも玄関に貼ったし、午後からは臨時休業としよう」

予定通り、今日は午前でギルドの業務を終了した。

理由はもちろんリィナが開くお茶会に出るため……だが、もちろんチラシの方に本当の理由までは書いていない。

裏社会ではすでに『キルトのギルド』と女王のつながりについて広まっていそうだが、それを積極的に広める必要はない。

「いい感じに修業が出来たから、ユートくんとロックちゃんもお腹が空いた頃じゃないかな？」

「はい！　朝食は軽くでしたから、ちょうど小腹が空いてきました」

「クゥ、クゥ、クゥ～！」

寝込んでなまった体の調子を戻すため、俺はギルドの訓練所でキルトさんの指導を受けていた。

それにはロックも付き合ってくれたので、少しだが竜魔法《ドラゴスペル》と竜魔装《ドラゴアームド》の合体魔法も試せた。

まだまだ合体魔法は完璧な形にならないが、こうしてあーだこーだ言いながら思いつくことを試すこと自体が、効果的な修業になっていると思う。

「うふふふっ！　まさか私が女王様のお茶会にお呼ばれする日が来るとはねぇ……！」

この日の受付業務を終えたクリムさんは、金色のド派手なドレスに着替えていた。

メイクのことがよくわからない俺でもハッキリわかるくらい、今日のクリムさんのメイクは気合が入っているし、お茶会への並々ならぬ熱意を感じる……！

「クリムさん、そんなにお茶会が楽しみなんですか？　私は緊張の方が勝っているのですが……」

アズキさんの質問に、クリムさんは食い気味に返事をする。

「そりゃ当然楽しみに決まってるでしょう！　というか、楽しみ以外の感情があることの方が信じられない！　女の子は誰だってお姫様になりたい。私も小さい頃はお姫様に憧れて……いや、もしかしたら今も憧れているから、あの女王様ともっとお近づきになりたいのかも！」

「お姫様になりたい、女王様に近づきたい……まさかクリムさん、反乱を起こして女王の座を奪うことを考えているんですか……？」

「そんなわけないでしょ!?　言葉の意味をそのまま捉え過ぎぃ！　ナイスジョークって言いたいところだけど、アズキちゃんが言うと冗談に聞こえないって！」

本当に冗談なのか、それとも本気なのか——。

どちらにせよ強烈な会話を聞いた後、俺たちはギルドを出発した。

服装は普段着でいいと言われているので、クリムさん以外は普段着だ。

さて、待ちきれず先に王城へ行っているシウルさんたちは今頃何をしているかな？

◇　◇　◇

招待状はシウルさんたちに渡しているため、俺たちが王城に入る方法はロックの顔パスだった。

人間の顔や姿は偽装出来ても、ドラゴンのロックを偽ることは出来ない。

それにロックはこれまでに何度も王城内を出入りしている。

警備の騎士から認知されているというわけだ。

「おおおおお……っ！　お城の中に入っちゃったわよ、アズキちゃん……！」

「挙動不審です、クリムさん。お茶会の前に捕まっちゃいますよ」

そういうアズキさんもせわしなくきょろきょろと視線を動かしている。

これが普通の反応だろう。何度か王城を訪れて、その景色に慣れつつある俺が特殊なんだ。

「クゥ！　クゥ！」

ロックが中庭まで案内してくれる。

それにしても、誰かしらが王城の入口で待ち構えていると思っていたが、リィナどころかシウルさんすら出てこないとは。

もしかしたら、味見と称してお菓子を先に食べているのかもしれない。

なんてことを考えている間に、目的地のピンクローズガーデンに到着した。

「うわぁーーーーーーっ！　綺麗ィィィーーーーーーーッ！」

クリムさんが絶叫するのも納得の絶景だった。

淡い桃色のバラの美しさはもちろんのこと、オシャレな花壇のデザインや切り揃えられた緑の芝生、青い空とのコントラスト……計算し尽くされた芸術の中にいるようだ。


「この度は私のお茶会にお越しいただき、ありがとうございます！　たくさんお菓子を作ったので、たくさん食べていってください……！」

やがて現れたリィナはなぜか肩で息をしていた。

まるで1つの戦いを終えた後のような……。

「みんな、じゃんじゃん運んできて！」

リィナが呼びかけると、城の中からシウルさんたちがお菓子を運んでくる。

その中にはなぜかリンダもいたし、知らないメイドさんもいた。

そして、全員が一仕事終えたような達成感あふれる顔をしている……。

状況が呑み込めないまま、中庭に置かれたテーブルの上にどんどんお菓子が並べられていく。

「えっと、かなりたくさん作ったね……」

「そりゃユートが来てくれる初めてのお茶会だからね。みんなにも手伝ってもらって、いろんな種類のお菓子を作ったんだ！」

初めてのお茶会……か。

どうやら、リィナにとってこのお茶会は、俺が思っている以上に大事なものらしい。

「ありがとう、リィナ。久しぶりにリィナの手作りお菓子が食べられるのはとっても嬉しいよ」

「でしょ？　遠慮しないでたくさん食べてね！　本当にたくさん食べてね……！」

「ああ！　リィナの気持ちを無駄にはしないさ」

「クゥ～！」

こうしてお茶会が始まった。

マナーとか作法とか、そういう細かいことを気にしなくていい気楽なお茶会だ。

「このクッキー、懐かしい味だけど昔より美味しくなってるような気がするな」

「私も腕を上げたってことよ。まあ、材料の質が上がったってのもあるけど！」

息が乱れるほど頑張って作ってくれたお菓子の感想を語ったり、他愛のない日常のことを話したり、時には中庭を歩いてみたりと自由な時間が流れる。

「メグはね、私のメイドさんなの！　この国の端っこの方から来たってお母さんが言ってた！」

リンダからお茶会に呼ばれた経緯や、専属メイドのメグさんのことも聞いた。

元国境警備隊なら大事な娘を任せられるというご両親の判断だろう。

あの肉屋は大人気だから、ご両親は日中あまりリンダに構ってあげられない。

その間にお出かけしたり、遊んであげたりするのがメグさんの役目なんだな。

「まさか、リンダお嬢様が竜騎士様とお知り合いとは……王都には来たばかりですが、毎日が驚きの連続です」

「えっ！　東の国境付近まで竜騎士の名前って伝わってるんですか？」

俺の活動範囲は北から南までまあまあ広いが、活動拠点は王都だ。

実際、南の果てのピアザ村には俺のウワサは届いていなかったようだし、国境付近まで行くと俺なんて無名じゃないかと思っていた。

「一般の方は知らないと思いますが、私たちは王国の領土の守り手ですからね。僻地《へきち》にいても国内の情勢には注意しているんですよ。活躍した騎士、兵士、憲兵団、そして冒険者のこともです」

「なるほど……」

お茶会が始まった頃は緊張していたメグさんだが、落ち着いてきた今はとても興味深い話を俺に披露してくれる。

国の果てで戦ってきた人の言葉は、女王リィナを守ると誓った俺には重く感じられる。

「あっ、今『私たち』って言っちゃいましたけど、もう私は領土の守り手に含まれていませんね……！　これからはリンダお嬢様の守り手です！」

「もー、忘れちゃダメだからね！」

リンダに叱られるメグさん。

2人は出会って間もないとのことだけど、めちゃくちゃ仲が良さそうに見える。

メグさんを雇ったご両親の慧眼《けいがん》には感服する。

「ああ……お美しいです、女王様ぁ……！」

「あ、ありがとうございます……クリムさんもお美しいですよ……！」

「ふひひひ……もったいなきお言葉ですっ！」

ちょっと目を離した隙に、クリムさんがリィナに絡んでいた。

かわいいものが好き、綺麗なものが好き、美しいものが好き――。

言葉にすれば普通に思えるが、クリムさんのリィナへの憧れはちょっとレベルが違う。

ぐでぐでの酔っ払いのような様子でリィナに話しかけている。

それでもリィナの体に触ろうとはしないあたり、最低限の理性は働いている模様。

「クリムさん、あまりウザ絡みしてると捕まるだけじゃなくて処刑されますよ」

アズキさんの本気か冗談かわからない指摘も炸裂《さくれつ》。

それも含めてお茶会は和やかな雰囲気で進んでいる。

「ク～！」

ロックがお菓子を小皿に載せ、それを持ってどこかへと飛んでいく。

何をしているのか聞いてみる前に、俺はその行動を見守ってみることにした。

「クゥ……クゥ……」

ロックはバラの茂みの前に小皿を置くと、小声で何かに話しかけた。

まさか、その茂みの中に誰かいるのか……？

どうやら、ロックは小皿に載せたお菓子を何かに食べさせようとしているらしい。

「……お気遣いありがとうございます」

声が聞こえた。小さな声だ。意識を全力で集中させてギリギリ聞こえる。

だが、声の主の気配は声が聞こえた後も全然感じることが出来ない。

そうしている間に、小皿の上のお菓子は消えていた……。

「……とても美味しかったです。ただ、このことは内密にお願いします。女王様に見つかると評価に響きますので……」

「クゥ……！」

ロックは小皿を持って、茂みの前からこっちのテーブルに戻ってきた。

そして、何もなかったようにまた普通にお菓子を食べ始めた。

今のが何だったのかロックに聞いてみたいが、内密にとお願いされていたことを問いただすのは気が引ける。

それにロックは茂みの中の誰かに『ご苦労様』と言っていた。

ならば、その人物は信用出来る。きっとリィナの味方なんだろう。

リィナの味方は俺だけではない。両親は当然として、『キルトのギルド』のみんな、サザンカさんに騎士や兵士たち、国民の中にも慕ってくれている人はいる。

敵もたくさんいるだろう。一国の女王という立場は、多くの悪意も引き付ける。

だからこそ、今この瞬間のような平和な時間を守るために戦おう。

「ユート！　まだまだお菓子いっぱいあるよ！　ほら、あ～んして！」

「あ～……んぐっ⁉　……うん、美味い！」

これから飽きるほどお茶会を開けるように――。

シリーズ累計（電子含む）100万部突破！

2025年1月ついに

TVアニメ化!!

コミックス
1～7巻
好評発売中！

●16巻 定価:1430円(10%税込)
1~15巻 各定価:1320円(10%税込)
●Illustration：人米

1～16巻
好評発売中！

勇者召喚に巻き込まれ、異世界に転生した僕、タクミ。不憫な僕を哀れんで、女神様が特別なスキルをくれることになったので、地味な生産系スキルをお願いした。そして与えられたのは、錬金術という珍しいスキル。まだよくわからないけど、このスキル、すごい可能性を秘めていそう……!? 最強錬金術師を目指す僕の旅が、いま始まる！

●7巻 定価:770円(10%税込)
1~6巻 各定価:748円(10%税込)
●漫画：ささかまたろう　B6判

月が導く異世界道中
Tsukiga Michibiku Isekai Dochu
Azumi Kei
あずみ圭
1～20
8.5
シリーズ累計
420万部の超人気作!
(電子含む)
TVアニメ第3期
制作決定!!
1～20巻
好評
発売中!!
コミックス
1～14巻
好評発売中
illustration：マツモトミツアキ
月が導く異世界道中
あずみ圭
薄幸系男子の成り上がりファンタジー、開幕!
なんでだろう
親の都合で異世界へ
読者賞受賞作!
待望の書籍化!
異世界へと召喚された平凡な高校生、深澄真。彼は女神に「顔が不細工」と罵られ、問答無用で最果ての荒野に飛ばされてしまう。人の温もりを求めて彷徨う真だが、仲間になった美女達は、元竜と元蜘蛛!?とことん不運、されどチートな真の異世界珍道中が始まった!
▶3期までに◀
原作シリーズもチェック!
月が導く異世界道中
1
あずみ圭
木野コトラ
シリーズ累計
29万部
とことん不運、されどチート!!
薄幸系主人公の異世界放浪記、コミカライズ第1巻!!
20巻 定価：1430円（10%税込）
1～19巻 各定価：1320円（10%税込）
14巻 定価：770円（10%税込）
1～13巻 各定価：748円（10%税込

1・2
ファンタジーは知らないけれど、
何やら規格外みたいです
Fantasy ha shiranai keredo, naniyara kikakugai mitaidesu
神から貰ったお詫びギフトは、
無限に進化するチートスキルでした
渡琉兎
Ryuto Watari
見るもの全てが新しい!?
未知から始まる異世界暮らし!!
コミカライズ決定!!

ファンタジーは知らないけれど、
何やら規格外みたいです
2
渡琉兎
初めてだらけの秘境探索へ!!
コミカライズ企画進行中!!

この作品に対する皆様のご意見・ご感想をお待ちしております。

おハガキ・お手紙は以下の宛先にお送りください。

【宛先】

〒150-6019 東京都渋谷区恵比寿4-20-3 恵比寿ガーデンプレイスタワー19F
（株）アルファポリス　書籍感想係

メールフォームでのご意見・ご感想は右のＱＲコードから、
あるいは以下のワードで検索をかけてください。

アルファポリス　書籍の感想　検索

ご感想はこちらから

本書はWebサイト「アルファポリス」（https://www.alphapolis.co.jp/）に投稿されたものを、
改題、改稿、加筆のうえ、書籍化したものです。

手切《てぎ》れ金《きん》代《が》わりに渡《わた》されたトカゲの卵《たまご》、
実《じつ》はドラゴンだった件《けん》4
～追放《ついほう》された雑用係《ざつようがかり》は竜《りゅう》騎《き》士《し》となる～

草乃葉オウル（くさのはおうる）

2024年　7月　30日初版発行

編集－八木響・村上達哉・芦田尚
編集長－太田鉄平
発行者－梶本雄介
発行所－株式会社アルファポリス
〒150-6019 東京都渋谷区恵比寿4-20-3 恵比寿ガーデンプレイスタワー19F
TEL 03-6277-1601（営業）　03-6277-1602（編集）
URL https://www.alphapolis.co.jp/
発売元－株式会社星雲社（共同出版社・流通責任出版社）
〒112-0005 東京都文京区水道1-3-30
TEL 03-3868-3275
装丁・本文イラスト－有村
装丁デザイン－AFTERGLOW
印刷－中央精版印刷株式会社

価格はカバーに表示されてあります。

落丁乱丁の場合はアルファポリスまでご連絡ください。

送料は小社負担でお取り替えします。


ISBN978-4-434-34196-0 C0093